김혜원 첫수필집

바람의 서곡

작가의 말

글을 쓴다는 일은 언제나 나를 흔들었다. 종이 위에 마음을 놓는 일은 늘 두려움과 마주하는 일이었다. 쓰는 동안에는 숨이 트였지만, 문장을 세상에 내보내려 하면 손끝이 떨렸다.

누군가의 눈앞에 놓인 내 글 한 줄이 너무도 작고 불완전하게 느껴졌기 때문이다. 그런데도 나는 멈출 수 없었다. 마치 어둠 속에서 불씨를 더듬듯, 사라지지 않으려는 마음 하나로 글을 붙잡았다.

때로는 눈물처럼, 때로는 기도처럼, 글은 나에게 오래된 숨이었다. 삶이 나를 흔들 때마다 글이 나를 붙들었고, 나는 그 흔들림 속에서 비로소 내가 나임을 배웠다.

이 책에 실린 수필들은 한때의 단상이나 감상으로는 다 닿지 않는 것들이다. 그것들은 내가 지나온 계절의 결, 사람들 사이에서 얻고 잃었던 온기, 그리고 끝내 지워지지 않은 마음의 그림자들이다.

나는 그것들을 조용히 꺼내어 햇빛에 말리듯, 빗방울 닦듯, 한 줄 한 줄 다듬었다. 모과 한 알의 향기처럼, 시간이 지나도 사라지지 않는 문장을 남기고 싶었다.

쓰는 동안 나는 자주 생각했다. '글은 내 안에서 태어나지만, 결국 나를 떠나야 하는 존재구나.' 그래서 이 문장들을 이제 조용히 보내려 한다.

누군가는 이 글 속에서 자기의 하루를, 또 누군가는 오래전 잃어버린 마음의 조각을 발견하길 바란다.

이 책이 당신의 길 위에서 아주 잠시라도 멈춰 서게 하는 조용한 길잡이가 되어 준다면, 그것만으로 나는 족하다.

글을 쓸 수 있었던 시간, 그리고 그것을 읽어 줄 누군가가 있다는 것, 그 모든 것은 내게 감사이자 기적이었다.

이 책은 그 기적의 증거이며, 내가 세상에 건네는 가장 진심 어린 인사이다.

김혜원

차 례

작가의 말 / 3

모과 한 알 / 7
지계(持戒) / 13
바람의 서곡 / 18
마치 ~인 것처럼 / 23
완전 폐업 / 29
불모의 밤 / 36
코코 / 42
죄의 중력 / 48
곰팡이 / 53
담쟁이 / 60
걸레 박물관 / 66
키위 새 / 72
스프링벅(Springbuck) / 79
나르시시스트 / 86
아버지의 이름 / 93
달뿌리풀 / 100
조바심(弔波心) / 106
홀씨 / 112

등대 / 117
한 권의 책 / 124
아리랑 / 129
둥근 방 / 135
선 / 141
어떤 선물 / 148
레겐다 / 155
노트북 / 161
새벽 산책 / 168
틈 / 174
눈물에 대한 단상 / 179
빛 / 184
길 / 190
잎이 떨어질 때 / 196
딸꾹질 / 201
호박떡 / 206
기도 / 212
잘 가, 12월 / 218

작품 해설 / 223

1
모과 한 알

    가을은 언제나 색채를 덧입힌다. 마치 누군가 커다란 붓을 들어 세상 곳곳을 천천히 칠하고 있는 듯하다. 푸른 나무들은 어느새 각양각색으로 물들어 가고, 들녘의 곡식들은 황금빛 물결을 이루며 고개를 숙인다. 감히 흉내조차 낼 수 없는 자연의 물감이 나뭇잎과 들판과 산허리에 스며들며 고유한 색을 빚어낸다. 매년 같은 풍경인데도 전혀 지루하지 않다. 오히려 해마다 새로운 감탄을 안겨준다.

    가을은 그렇게, 누군가를 화가로 만들고, 또 누군가를 시인으로 만들어 놓는다. 나는 그림을 그릴 수 없으니 화폭 앞에서 감상에 잠기는 일로 대리만족을 하고, 시를 지을 수 없으니 한 구절의 시를 가슴에 품어 하늘을 바라보며 위로를 얻는다. 이 계절은 언제나 내 마음을 부드럽게 흔들어 깨운다.

    나는 문득 내게 묻는다. 이 계절, 나는 어떤 색으로 물들고 싶은가. 쉽게 답을 정하지 못한다. 좋아하는 색 하나를 고르라 한다면, 그것이 얼마나 어려운 일인지 새삼 깨닫는다. 붉은 단풍잎의 화려함도, 은행나무의 노란빛도, 국화의 담백한 자태도 모두 버릴 수 없기 때문이다. 사물마다 제각기 색을 품으며 내 마음속에서 바스락거린다. 가을은 그렇게 고스란히 스스로 물드는 시간을 선물한다. 사람마다 내면에 스며드는 색깔이 다르고, 나 역시 그 색을 하나하나 느끼며 나만의 계절을 만들어간다.

엊그제, 시골에 사는 친구가 모과 한 상자를 보내왔다. 아직 택배를 열기도 전에 진한 향기가 방 안 가득 번졌다. 마치 누군가 향수를 풀어 놓은 듯, 하지만 그것은 인공적인 향이 아니라 땅과 나무가 오랜 시간 빚어낸 진한 향기였다. 크고 작은 모과들이 고요히 상자 속에 옹기종기 담겨 저만의 향기를 자랑하듯 은은하게 퍼져 나왔다.

하나씩 꺼내어 손에 올려보고, 나는 얼굴 가까이 가져가 향을 맡았다. 그 향기 속에서 나는 곧장 모과나무를 떠올렸다. 초록빛으로 작게 매달려 있던 열매가 여름 햇살을 견디고, 비바람을 이겨내며 서서히 노란빛으로 물드는 모습. 그것은 곧 청춘에서 노년으로 이어지는 우리의 삶과도 닮아 있었다. 푸르름이 지나간 자리에 남는 깊은 빛깔, 그것은 단순한 시듦이 아니라 성숙의 흔적이었다.

후일, 마당 있는 집을 갖게 된다면, 꼭 모과나무를 심으리라, 마음속에 적어두었다. 겉은 투박하고 못생겼다고 하지만,

그 껍질 아래 숨어 있는 향기는 오래도록 남아 나를 위로한다.

상자 속 모과들을 소쿠리에 담아 거실 탁자 위에 올려두었다. 그런데 유난히 울퉁불퉁하고 검게 물든 모과 한 알에 자꾸만 시선이 갔다. 급기야 그것을 따로 꺼내 흰 접시에 담았다. 어딘가 매끄럽지 않은 표면이 낯설지 않았다.

어린 시절의 기억이 스쳐 갔다. 그때가 아마 열한 살쯤이었을 것이다. 언니와 장난치며 놀다가 심하게 넘어져 돌부리에 이마를 찧었다. 얼마나 아팠던지 악을 쓰고 울었던 기억이 생생하다. 그 흉터는 지금도 온전히 지워지지 않고 희미하게 남아 있다. 시간이 흐르면 말끔히 지워질 줄 알았지만, 거뭇거뭇한 선은 좀체 사라지지 않았다.

어린 마음에 그것은 늘 신경이 쓰였다. 아니 어른이 되어서도 마찬가지였다. 나는 괜히 앞머리를 길게 내려 그것을 가리려 했고, 사람들 앞에 나설 때마다 그들의 시선이 내 이마를 먼저 보는 듯 느꼈다. 그러나 세월이 쌓이며 내 생각은 바뀌었다. 만약 그때 이마가 아니라 눈을 다쳤다면 어떻게 되었을까. 생각만 해도 끔찍했다.

검게 물든 모과를 바라보며 나는 오히려 그 거친 얼굴에서 친밀함을 느낀다. 겉모습은 매끈하지 않지만, 향기는 은은히 퍼져 나온다. 나 또한 그렇다. 이마에 옅은 상처를 지닌 채 살아가지만, 그 흉터가 내 존재를 부정하지는 않는다. 오히려 그 흉터는 나를 더 조심스럽게, 더 겸허하게 살아가게 한다. 누군가에게는 사소한 흔적일지 몰라도, 나에게는 삶을 일깨우는 상징이다.

모과를 자세히 들여다보면 그 표면은 울퉁불퉁하고 거칠다. 사과나 배처럼 매끈하고 윤이 나는 과실과는 다르다. 흠집과 상처가 뒤엉켜 있고, 때로는 벌레 먹은 자국도 예사다. 그러나 모과가 귀한 것은 그 속살 때문이 아니다. 오히려 그 겉모습 너머로 퍼져 나오는 향기 때문이다. 방 한구석에 놓아두기만 해도 향이 공기를 채우고, 오래도록 머문다. 그것은 화려한 장미의 향기와도, 고급 향수의 냄새와는 다르다. 단번에 눈길을 사로잡는 강렬함이 아니라, 곁에 두고 오래 숨을 고를 때 비로소 느껴지는 은근한 울림. 그것이 모과의 진짜 힘이다.

사람도 이와 다르지 않다. 반듯하고 빛나는 외모는 순간적으로 시선을 끌 수 있다. 하지만 오래 기억되는 것은 그 사람이 풍겨내는 고유한 향기다. 성실히 쌓아온 말투, 성심껏 내어준 친절, 기꺼이 건네는 미소. 그것들이 모여 은은한 향이 되어 주변을 감싼다. 우리는 때때로 외형에 집착하지만, 진정한 매력은 그 너머에 숨어 있다. 사람의 향은 시간이 지날수록 더욱 짙어지고, 그것이야말로 삶이 남겨준 선물이다.

나는 문득 현대 사회를 떠올린다. 사람들 사이에서 '겉모습'

이 얼마나 쉽게 평가의 기준이 되는지, 잡지 속 모델의 얼굴, 화면 속 배우의 몸짓이 마치 성공과 행복의 절대적 기준처럼 여겨지는 현실을. 그러나 모과를 떠올리면 생각이 달라진다. 아무리 못생기고 흉해 보여도, 그 향기 하나만으로 존재를 증명하는 과실. 그것은 우리 삶의 방향을 조용히 일깨운다. 누군가의 상처투성이 얼굴, 혹은 불완전한 몸짓도 그 사람의 전부가 아니다. 그것들이 그 사람을 진짜로 기억하게 한다.

나는 다시 탁자 위의 못생긴 모과를 바라본다. 그 향기는 지금도 방 안 곳곳에 스며 있다. 사람 역시 자신만의 향기를 어떻게 품어내느냐가 중요하다. 상처는 누구에게나 있다. 실패, 아픔, 후회, 눈물. 그러나 그것들이 겉모습을 흉하게 만들지는 몰라도, 향기마저 빼앗아가지는 못한다. 어쩌면 우리가 살아가는 이유는 상처를 숨기는 데 있지 않고, 그 상처에도 불구하고 자신만의 향기를 지켜내는 데 있는지 모른다.

결국 내가 해야 할 일은 거창하지 않다. 하루하루를 그저 최선의 마음으로 살아내는 것이다. 눈부신 성취가 없어도, 누군가를 향해 건네는 작은 배려, 조용한 인내, 꾸준한 성실함이 결국 나의 향기가 된다. 그것이 모과가 우리에게 주는 가르침이 아닐까. 진정한 향기는 외부의 찬사나 화려한 성과가 아니라, 묵묵히 쌓아온 삶의 태도에서 비롯된다.

가을은 언제나 우리 삶의 내면을 비추는 거울과 같다. 나무에 매달린 잎들이 마지막 빛깔을 내어주듯, 우리는 살아오며 얻은 상처와 흔적 속에서도 저마다의 향기를 품고 살아간다. 나는 접시에 따로 올려둔 모과를 바라보며 고맙다고 속삭인다. 너는 언제나 모과였고, 지금도 모과다. 그리고 네 향기는 영원히 내 공간 속에 남아 있다. 나 또한 그럴 것이다. 비록 이마엔 다친 흔적이 조금 남아 있지만, 나는 나대로의 향기를 잃지 않고 지니며 살아가리라. 그것이 있는 그대로 자신을 사랑하는 삶의 자세이기에.

2
지계(持戒)

 사람은 누구나 마음속에 소중한 것, 하나쯤은 품고 살지도 모른다. 그건 아주 특별한 날, 누군가로부터 받은 선물일 수도 있고, 오래 짝사랑의 묵은 기억이 서린 일기장일지도 모를 일. 때로는 길가에서 우연히 발견한 네 잎 클로버, 혹은 책갈피에서 불쑥 떨어지는 쪽지 한 장이 잊었던 추억을 불러오기도 한다. 삶은 그렇게, 세월만큼의 추억을 차곡차곡 개켜 품고 있는 것 같다.

 그중, 내게 가장 소중한 기억의 한 모퉁이는 누구일까. 어찌 보면 내 삶에도 오직 한 사람으로 인해 작은 지계 하나가 세워진 것 같다. 여태 그분을 향한 마음을 간직하고 있으니까.

 아주 오래전의 늦여름이었다. 해가 서산을 막 넘어갈 즈음으로 기억된다. 여느 때와 별반 다름없이 퇴근을 재촉하는 길이었다. 늘 걷던 골목 모퉁이를 돌아서는데 그가 나를 마주 보고 걸어오는 것이 아닌가. 한쪽으로 비스듬히 기울어진 고개, 어딘가 모르게 휜 듯한 발걸음, 후줄근한 옷매무새. 그의 그런 모습이 새삼 낯설지 않았다. 언제나 그랬으니까. 나는 반가운 마음에 인사를 건네니, 환히 웃어 보였다.

그는 다짜고짜 아내가 있는 카페로 함께 가자고 했다. 내가 먼저 커피를 대접하겠다고 나섰지만, 끝내 그는 고집을 꺾지 않았다. 원고료를 받았다며, 그것으로 커피를 사겠다며 천진한 눈웃음을 지었다. 문학사상에 시가 실려 받은 돈을 하늘 높이 흔들며, "내가 글 하나 줬더니 이렇게 많이 주잖아" 하던 그 표정은 지금도 생생하다. 그는 자신을 쳐다보는 주변의 시선 따위는 아랑곳하지 않았다. 더러 사람들은 그를 기인이라 불렀으나, 내게 남은 인상은 오직 순수함과 겸손, 그리고 천진한 웃음이었다.

그 옛날, 그는 늘 백 원만 달라고 하셨고, 내가 이백 원을 드리면 반드시 절반을 돌려주셨다. 막걸리 한 사발 값에 웃음을 터뜨리던 얼굴, 삼십 분마다 어김없이 불을 붙이던 담배의 불씨, 손끝에 묻은 새까만 땟국물마저도 질박한 삶의 표지처럼 빛나 보였다.

그날 저녁, 선생님은 커피잔을 앞에 두고 말씀하셨다.

"김 양, 나같이 볼품없는 사람을 아는 체 해줘서 고마워."

그가 웃으며 나를 바라보는 순간, 오히려 내 얼굴은 홍당무처럼 붉어졌다. 화려한 가짜 반지를 낀 내 손이 문득 부끄러워졌다. 그는 언제나 자신을 미화하거나 겉모습을 꾸미지 않았다. 그래서 내 눈에는 그의 멋 부리지 않은 외모마저도 오히려 인간적으로 빛나 보였다. 나는 그때 처음으로 '아름다운 손'이라는 말을 떠올렸다. 그 손끝에서 흘러나온 주옥같은 시구들을 생각하며, 내 손에 낀 장신구는 그저 허영과 위선일 뿐임을 알았다.

그날 이후 나는 반지를 끼지 않았다. 이제 겉으로 번지르르한 허세의 반지, 위선의 반지는 내 삶에 더는 필요치 않았다. 마음이 흔들릴 때마다 스스로 손을 들여다보며 다짐했다. 진솔하라. 겸손하라. 마음 또한 아름다워져라.

이미 오래던 고인이 된 C 시인을 통해 나는 감히 불가의 말을 되뇌어본다.

계절은 시나브로 흘러갔을 어느 해. 하늘은 유난히 높고, 바람은 선선히 뺨을 어루만졌다. 나는 대학로 근처 작은 서점 앞에서 다시 그를 만났다. 낡은 외투를 걸친 채, 손에는 오래된 시집 한 권을 들고 계셨다. 표지는 닳아 있었고, 책장 곳곳은 손때와 커피 자국으로 얼룩져 있었다.

그분은 책을 펼쳐 한 구절을 소리 내어 읽어 주셨다.

"사람은 누구나 길 위에서 시인이 된다네. 다만 그것을 적을 줄 아는 사람은 드물 뿐이지."

그 목소리는 바람결에 실려 와 내 마음을 깊이 적셨다. 순간, 발밑의 돌멩이조차 시의 한 행으로 다가왔다. 차갑게 식은 바람, 코끝을 스치는 군밤 냄새, 가로수 잎들이 바스락거리는 소리까지 모두가 시의 언어로 변해갔다.

나는 용기를 내어 물었다.

"선생님, 시란 결국 무엇일까요?"

그분은 잠시 눈을 감았다가 천천히 말씀하셨다.

"시란 말이지, 김 양. 시는 밥이 되기도 하고 노래가 되기도 하지. 그러나 결국엔 사람의 마음을 안아주는 거야. 마음이 따뜻하면 시도 따뜻하고, 마음이 슬프면 시도 함께 울어주지. 그러니 시를 쓴다는 건, 곧 마음을 길러가는 일이란다."

그 말씀은 내 가슴 속에 무겁게 내려앉았다. 그날부터 나는 글을 쓸 때마다 묻곤 했다. 내 글은 과연 누구의 마음을 안아주고 있는가.

잠시 후, 그는 서점 앞 노점에서 군밤 한 봉지를 사셨다. 껍질을 까는 손길은 서툴렀지만, 반을 내어주시며 웃으시는 모습은 아이처럼 맑고 투명했다. 그 웃음 앞에서 나는 깨달았다. 세상의 가르침은 꼭 거창한 책 속에서만 오는 것이 아니라, 때로는 군밤 한 알의 따스한 온기 속에도 숨어 있다는 것을.

그날 밤 집으로 돌아와, 나는 군밤 껍질을 차마 버리지 못했다. 한 줌의 타다 남은 껍질마저도 그분의 온기를 간직하고 있는 듯했기 때문이다. 오래도록 책상 서랍에 두었고, 글이 막히면 꺼내어 보았다. 그때마다 밤 향기와 함께 그분의 목소리가 다시 살아나 내 마음을 붙잡아 주었다.

그를 추억하면 나란히 오는 말, 지계(持戒).

지계는 단순한 규율의 틀을 넘어, 몸과 말과 마음을 맑게 다스리는 일이라고 하지 않았나. 자신보다 이웃을 이롭게 하는 길을 택하며, 삶을 고요히 정화해 나가는 행위. 보시가 남을 돕는 손길이라면, 지계는 그 손길을 맑게 씻어내는 샘물과도 같다고.

그의 손을 떠올리면 어떤 장식 하나 없되 이미 빛나던 손. 그것은 어떤 겉치레 내면 깊숙이 길러낸 자연의 마음, 곧 지계의 살아 있는 표본이었다. 그날 이후, 내 글 한 줄, 내 말 한마디, 내 삶의 작은 발걸음조차도 지계의 향기를 머금길 바랐다.

이제 그는 천국에서 환히 웃고 계실 것이다. 그러나 그분이 내게 남겨주신 지계 하나는 여전히 이 땅 위에서 나를 지탱한다. 그것은 화려함이 아니라, 순수와 겸손, 그리고 따뜻한 마음이야말로 인간을 가장 빛나게 한다는 진리였다. 그 진리를 품고 살아가는 한, 나의 글 또한 언젠가 누군가의 마음을 안아주는 작은 등불이 되리라 믿는다.

3
바람의 서곡

 바람이 몹시 불던 날이었다. 바람은 언제나 사람을 흔들어 깨운다. 창문을 두드리고, 뺨을 스치며, 그간 묻어두었던 피곤과 불안을 한꺼번에 끌어올린다. 그날, 버스 창밖으로 휘몰아치는 바람은 나의 기운을 송두리째 털어내려는 듯 집요했다. 정류장에서 내린 순간, 다리가 흔들렸다. 마치 눈에 보이지 않는 무게가 어깨 위로 내려앉은 듯했다.
 나는 주머니 속에서 열쇠를 꺼내 들었다. 차갑게 식은 금속이 손끝을 파고들었다. 익숙한 동작이었지만, 그날따라 열쇠가 더 묵직하게 느껴졌다. '오늘은 일찍 눕자. 따뜻한 물에 샤워하고 곧장 이불 속으로 들어가야지.' 머릿속으로 그렇게 다짐하며 열쇠를 자물쇠에 끼웠다. 작은 '딸깍' 소리와 함께 문이 열린다. 늘 듣던 소리인데, 그 순간에는 유난히 크게, 오묘한 기류가 전신을 에워쌌다.
 웬걸. 집안 깊숙이 고여 있던 어둠이 마치 숨죽여 웅크리고 기다리던 것처럼 일시에 덤벼들었다. 나는 무의식적으로 한

발 물러섰다. 바깥바람이 틈으로 스며들며 어둠을 밀어냈지만, 그 자리에 남은 냄새와 기운은 묘하게 낯설었다. 순간, 머릿속의 다짐이 산산이 부서졌다. 집 안은 따뜻한 안식처가 아니라, 알 수 없는 무엇인가로 가득 찬 공간처럼 느껴졌다.

방 안은 난장판이었다. 옷장은 활짝 열려 있었고, 수건과 스카프는 바닥에 널브러져 흩어진 날개 같았다. 서랍장은 층층이 속을 드러낸 채 반쯤 걸려있었다. 그 광경 앞에서 나는 그만 풀썩 주저앉고 말았다.

무엇보다 섬뜩한 것은 내 집 열쇠를 가진 자는 나밖에 없다는 사실이었다. 누군가 문을 열고 들어와, 집안을 헤집고, 다시 문을 잠그고, 열쇠를 제자리에 두고 간 것 같았다. 이성의 논리로는 도무지 설명되지 않는 일이었다.

그날 이후, 방 안의 물건들은 아예 더는 내 소유가 아니라는 생각이 들었다. 타인의 손이 닿은 곳이라고 판단한 순간부터 괴리감이 생겼다. 손때 묻은 작은 빗 하나조차도 정나미가 떨어졌다. 나는 이제 그 공간의 주인이 내가 아니라는 생각이 점점 커졌다. 그 낯섦 속에서 점점 안식처를 잃어갔다.

그날의 사건은 내게 오래된 공포로 나를 괴롭혔다.

예전에 고향 집에 갔을 때도 그랬다. 텅 빈 집에 들어갔을 때 켜져 있던 안방의 불빛. 누군가 켜놓고 갔거나 미처 끈다는 걸 깜빡했을 수도 있었겠지만, 그날 밤도 나는 한숨도 자지 못했다. 마치 겉으로는 전혀 드러나지 않는 깊은 병에 걸린 것 같은 증후였다.

학창 시절 자취방, 바람이라 넘겼던 열린 창문. 그러나 책상이 은근히 어수선해져 있었다. 아무것도 도둑맞지 않았음에도, 나는 그 방에서 늘 누군가의 숨결을 등에 진 채 살아야 했다.

공포란 결국 이유 없는 불가해에서 비롯된다. 칼을 든 강도의 위협보다, 눈에 보이지 않는 그림자의 흔적이 사람의 마음을 더 깊이 무너뜨린다.

그날 이후 나는 바람 소리에 귀를 기울였다. 창문을 흔드는 바람, 대문을 스치는 바람, 방안을 휘돌다 사라지는 바람. 어쩌면 바람은 단순한 기류가 아니라, 이 세계와 저 세계를 잇는 머리카락 같은 것일지 모른다. 바람머리에서 세상은 흔들리고, 인간은 그 흔들림에 휘청인다.

언니는 곧 아무 일도 없었던 듯 깊은 잠에 빠져들었다. 고른 숨소리가 방 안에 잔잔히 번졌지만, 나는 도무지 눈을 감을 수가 없었다. 눈꺼풀을 내리면 곧장 어둠 속에서 낯선 눈동자가 불쑥 떠올라 나를 뚫어지게 바라보았다. 그 시선은 단순한 상상이 아니었다. 서랍을 열고 옷가지를 헤집던 검은 손이 아직도 방 안 어딘가에 숨어 있는 것만 같았다. 눈을 억지로 뜨면 사물들이 하나같이 낯설었다. 책상 위에 놓인 책, 옷

걸이에 걸린 외투, 심지어 작은 머리핀조차도 타인의 손이 한 번 스쳐 간 것처럼 불편하고 이질적으로 다가왔다.

나는 점점 그 불편의 이유를 알 것도 같았다. 방 안의 공기는 이미 내 것이 아니었다. 누군가의 호흡이 스쳐 지나간 자리, 누군가의 시선이 통과한 사물들이었다. 그래서 물건 하나하나가 도무지 나를 안심시키지 못했다. 눈을 감아도, 눈을 떠도, 그날의 낯선 기척은 사라지지 않았다. 오히려 더 선명해졌다. 벽 뒤에서, 방문 너머에서, 아니 방 안의 모든 사물 속에서 여전히 어딘가 숨어서 나를 주시하고 있는 것만 같았다.

나는 깨달았다. 세상에 진정 내 것이라 부를 수 있는 것은 없다는 것. 소유는 언제든 허물어지고, 익숙함도 언제든 낯설어진다. 바람 한 줄기, 발자국 하나가 그것을 무너뜨린다.

나는 이제 그 사건을 단순한 절도 미수로 기억하지 않는다. 그것은 내 삶의 은유다. 집이든, 물건이든, 혹은 믿음이든, 언제든 바람머리에서 흔들릴 수 있다는 사실.

그날 이후, 내 집은 더는 온전한 안식처가 아니었다. 그러나 동시에 나는 알게 되었다. 우리가 살아가는 세상은 본디 불가해와 낯섦으로 이루어져 있다는 것.

밤마다 바람이 창문을 흔들 때, 나는 여전히 귀를 기울인다. 그것은 단순한 자연의 소리가 아니다. 그것은 내게 속삭인다. 인간이란 얼마나 쉽게 흔들리는 존재인지, 그런데도 여전히 끝까지 살아내야 하는 존재임을.

바람머리에서, 나는 나의 연약함을 확인한다. 그것은 단순히 개인적인 나약함이 아니라, 인간이라는 존재가 근원적으로 안고 있는 본질적 흔들림이다. 우리는 늘 올곧게 서 있다고 믿지만, 사실은 한 줄기 바람에도, 하나의 낯선 시선에도 쉽게 흔들리는 갈대에 불과하다. 그러나 그 흔들림이야말로 확연한 증거물이다. 흔들리기에 우리는 살아 있고, 흔들리기에 우리는 타인과 마주한다.

연약함을 숨기고 강인한 척 살아가는 게 인간의 삶일지도 모른다. 그러나 바람은 가차 없이 우리의 가장 연약한 결을 드러낸다. 그때 비로소 나는 깨닫는다. 인간다움은 무너짐을 피하는 데 있지 않고, 무너진 뒤 다시 일어서는 데 있으며, 흔들림 속에서도 서로를 바라보며 살아내는 데 있다는 것을.

바람머리에서 나는 내 존재의 가장 깊은 진실을 만난다. 우리는 완전한 소유자가 아니라 잠시 머무는 나그네이며, 이 세상은 결코 완전히 내 것이 될 수 없는 곳이라는 진실. 그리고 그 진실을 받아들일 때, 연약함은 더 이상 결핍이 아니라, 인간을 인간답게 하는 가장 고유한 빛이 된다.

4
마치 ~인 것처럼

언니의 집은 언제나 어둠 속에 잠겨 있었다. 햇빛조차 두려운 듯, 그녀는 두꺼운 커튼을 굳게 닫고 지냈다. 내가 그 집을 찾았을 때도 마찬가지였다. 답답한 공기에 숨이 막혀, 나는 과감히 커튼을 젖혔다. 순간 거실은 눈부시도록 환해졌다. 도자기와 고급 가구들이 햇빛을 받아 찬란히 빛났으나, 그 모든 것에는 빨간딱지가 붙어 있었다. 그것은 단순한 종이가 아니라, 그녀의 삶이 무너지고 있음을 알리는 표식이었다.

언니의 얼굴은 병색이 완연했다. 한때 명랑하던 모습은 사라지고, 지친 기색만이 남아 있었다. "이제 다 끝났어. 목숨을 다해 여기까지 왔는데 결국 이 꼴이야." 그녀의 입가에 희미하게 남은 떨림은 웃음이라기보다 울음에 가까웠다.

언니와 나는 두 살 차이다. 여름이면 외할머니댁에서 참외를 먹고 방죽에서 헤엄을 치며 놀았다. 그러나 일찍 엄마가 돌아가시는 바람에 외할머니 손에서 자란 언니의 얼굴에는 늘 외로움이 깊이 묻어있었다.

그때는 나도 몰랐다. 그 쓸쓸함이 얼마나 깊은 결핍으로 남았는지. 결핍은 어린 시절의 그림자처럼 따라붙어, 성인이 되어서도 쉽게 사라지지 않는다. 어떤 이는 그것을 이겨내려 애쓰고, 또 어떤 이는 그 빈자리를 채우려다 오히려 삼켜지기도 한다. 언니는 후자였다.

언니는 남편이 운전기사라는 사실을 견디지 못했다. 하루는 술에 취해 돌아온 남편의 뺨에서 사장의 폭력 흔적을 본 순간, 그녀는 결심했다고 했다. "남에게 무시당하지 않으려면 삶 전체를 포장해야 해."

그날 이후 언니의 삶은 철저한 연극 무대가 되었다. 빚을 내 넓은 아파트를 얻고, 최고급 가구와 장식을 들였다. 쓰레기를 버리러 갈 때조차 구두를 신고 나가야 했으며, 친척들마저 '상류'와 '하류'로 나누어 대했다. 겉으로는 화려했지만, 그 화려함은 언제든 무너질 수 있는 모래성이었다.

결정적인 순간은 딸의 결혼을 앞두고 찾아왔다. 언니는 대기업 상무이사의 며느리가 된다고 입버릇처럼 자랑했다. 그러나 혼사는 끝내 이루어지지 않았다. 신랑 측에서 뒷조사를 벌인 탓이었다. 그날 언니가 붙잡아 온 삶의 무대는 막을 내리듯 산산이 흩어졌다. 딸은 충격에 집을 떠났고, 혼수 준비로 진 빚은 눈덩이처럼 불어났다. 언니가 온 힘을 다해 세운

성은 결국 허망하게 무너져 내리고 말았다.

  나는 생각했다. 언니는 어쩌면 자신을 연민하며 살아온 것이 아닐까. 어린 시절의 결핍을 화려한 물건과 체면으로 메우려 했던 것이 아닐까. 그러나 밑도 끝도 없는 공허는 절대 채워지지 않는다는 것을. 그 공허는 끝내 언니를 송두리째 삼켜 버렸다. 아주 오래전에 들었던 한 용어가 뇌리를 스쳤다.

  정신분석학에서 'as if'라는 성격 관련의 풀이가 은근슬쩍 이해되었다. '마치 ~인 것처럼'의 무늬로 살아가는 사람들. 그들은 이상적인 모형을 흉내 내며 자기 정체성을 세운다. 하지만 흉내가 지나치면 결국 자신마저 잃게 된다. 언니는 그랬다. 어디까지가 그녀의 진짜 모습이고, 어디까지가 위장된 삶인지 분간할 수 없게 되었다.

  돌이켜보면 우리 모두에게는 크고 작은 차이는 있어도 'as if'의 그림자가 깃들어 있다. 나 역시 예외가 아니다. 인간은 누구나 이상적인 대상을 마음속에 품고, 그를 흉내 내며 살아가려는 본능을 갖는다. 때로는 존경하는 스승이나 선배를 닮고 싶어 하고, 때로는 책 속의 주인공이나 사회가 요구하는 이상적인 모습에 자신을 맞추려 애쓴다. 그것은 단순한 모방이 아니라, 정체성을 형성해 가는 과정에서 누구나 거쳐야 할 심리적 단계일지도 모른다.

  정신분석학자들은 이를 'as if' 성격이라 부른다. 마치 무엇인 것처럼, 스스로를 이상화된 인물이나 가치관에 동일시하며 살아가는 것이다. 이러한 성향은 부정적으로만 볼 일이 아니다. 자신을 잃지 않는 범위 안에서라면, 타인의 장점을 흉내 내는 과정은 삶을 더욱 풍요롭게 만들고 내면을 성장시킨다. 우리는 그렇게 조금씩 모방하고 배우며 자신만의 길을 만들어간다.

그러나 문제는 경계를 넘어설 때 발생한다. 흉내가 지나쳐 자신을 잃게 되면, 그때부터는 삶의 방향을 스스로 통제할 수 없게 된다. 언니가 바로 그 경우였다. 그녀는 현실의 자기를 외면한 채 끝내 허상의 껍데기에 매달렸다. '마치 ~인 것처럼' 보이기 위해 모든 에너지를 쏟아부은 결과, 삶 전체가 붕괴하고 말았다. 결국 그녀의 몰락은 결핍을 채우려는 욕망이 어떻게 한 사람의 존재 자체를 무너뜨릴 수 있는지, 그 극단적인 예가 되고 말았다.

나는 언니에게 조심스레 물었다. 그동안 행복했느냐고.

언니는 잠시 눈을 감더니 고개를 저었다. 눈만 뜨면 전쟁 같았다고 했다. 빚을 돌려막느라 하루가 다 흘러가 버렸다는 말이었다.

그 말을 들으며 나는 깨달았다. 나는 그저 바라보기만 했을 뿐, 아무도 그녀의 삶에 제어를 걸지 못했다. 어쩌면 우리 가족 모두가 그녀의 가해자일지도 모른다.

나는 위로했다. "건강이 남아 있잖아. 처음부터 다시 시작해 보자." 그러나 그 말은 공허했다. 그녀는 흐느끼며 말했다. "너무 늦었어. 이제 방 한 칸 얻을 돈도 없어." 언니의 어깨가 들썩일 때마다 내 가슴에도 무거운 돌이 얹히는 듯했다.

조용히 창문을 열었다. 부드러운 물결처럼 햇빛이 쏟아져 들어왔다. 언니는 그 빛을 두려워했지만, 나는 그 빛 속에서 작은 희망을 보고 싶었다. 하늘은 여전히 푸르고, 바람은 제 길을 가고 있었다. 계절은 변함없이 흘러가고, 가을은 어김없이 우리 곁에 찾아와 있었다.

삶은 끊임없이 무너지고 다시 세워지는 과정일지 모른다. 언니는 무너졌지만, 나는 여전히 믿는다. 지금은 비록 모든 것을 잃었다고 할지언정, 온전히 자신으로 살아갈 시간은 여전히 남아 있다. 무너진 자리에 다시 흙을 일구듯, 잿더미 위에서도 싹은 돋아나는 법이다.

창가에 서서 나는 그 빛을 오래 바라보았다. 어둠 속에서도 햇빛은 반드시 스며들고, 겨울의 매서움 속에서도 계절은 어김없이 봄을 불러온다. 인생의 파국조차 끝이 아니라, 또 다른 시작일 수 있다는 것을 나는 언니를 통해 다시 배운다.

어쩌면 그런 믿음이 내가 아직도 포기하지 않고 글을 쓰는 이유일 것이다. 글을 쓰는 일은 무너진 삶 위에 작은 돌 하나를 얹는 일, 흩어진 조각들을 다시 맞추는 일이다. 언젠가 그

돌들이 쌓이고 조각들이 이어져 또 다른 성이 될 때, 나는 비로소 나 자신을 더 분명히 마주하게 되리라. 그 믿음이야말로 앞으로도 나를 지탱해 줄 단단한 버팀목일 것이다.

5
완전 폐업

언제부턴가, 나는 길을 걸으며 간판을 읽는 버릇이 생겼다. 공중에 매달린 글자들은 일부러 주의를 기울이지 않아도 한눈에 들어왔다. 그러다 보면 단어들이 풍기는 결을 곱씹게 된다. 어떤 간판은 그 주인의 마음이 훤히 비쳐 보여 오래도록 잊히지 않는다. 나는 늘 읽어서 좋은, 이름만으로도 잠시 멈춰 서게 바라보는 것을 좋아했다. 사실, 누구나 그렇지 않을까.

그날도 나는 지하철역을 향해 걷고 있었다. 역 앞 작은 점포 유리창에는 몇 달 전부터 붉은 글씨로 "완전 폐업"이 가득 붙어있었다. 주인아저씨는 길가까지 내놓은 물건을 양손에 들고 "완전 폐업, 단돈 만 원!"하고 외치고 있었다. 간판도 없이 펄럭이는 붉은 종이, 그 글자가 내 눈을 붙잡았다.

물건을 집어 들며 나는 슬며시 물었다.

"그냥 세일이라고 하면 되지, 왜 완전 폐업이라고 하세요?"

아저씨는 빙그레 웃었다. 그건 다 상술이라는 것이었다. 사람들은 '완전 폐업'이라는 말에 호기심을 품고 몰려들며, 필요 없는 물건까지 집어 든다는 것이다. 그러나 내 눈에는 장사가 잘되는 것처럼 보이진 않았다.

완전 폐업. 사전에도 없는 말이다. 누군가 폐업이라는 슬픈 단어에 한 겹 더 무게를 실어 가슴 짓눌리게 저렇게 썼을까. 입에 올리기조차 싫은 단어였다. 그런데 아저씨는 그 말을 매일같이 외치고 있었다. 그 인생마저 스스로 폐업 위기에 몰아넣는 건 아닐까, 하는 부질없는 염려가 마음을 짓눌렀다. 누군가 '말은 곧 삶이 된다'라고 했다. 부디 이런 경우엔 그러지 않았으면 좋겠다.

불현듯 아스라한 기억이 되살아났다. 동네에 살던 한 가족의 이야기였다. 그 집 아버지는 술만 들이켜면 자식들을 욕하고 매질하며, 늘 "나가 죽어라"라는 말을 입버릇처럼 내뱉곤 했다. 끝내 그 독한 말이 저주처럼 자식들의 운명을 휘감았는지, 딸과 아들은 가출을 반복하다 교통사고로 세상을 떠났고, 몇 해 뒤 아버지 또한 병에 지쳐 삶을 마감했다. 그 집을 떠올리면 지금도 가슴이 저릿하다. 만약 그때 아버지가 매정한 말 대신, 전혀 다른 부드러운 말을 건넸더라면 어땠을까. 그 길이 달라졌을지, 아니면 여전히 같은 운명이었을지는 아무도 모를 일이다.

이따금 그런 생각에 잠기면, 말이라는 것이 얼마나 무섭고도 섬세한 힘을 지니는지 새삼 깨닫게 된다. 한 마디는 칼날처럼 누군가의 가슴을 베어내고, 또 한 마디는 따스한 등불처럼 어둠 속 길을 밝혀준다. 우리는 종종 말의 무게를 잊은 채 내뱉지만, 그 잔향은 오래도록 머물러 어떤 이의 운명을 비틀고, 혹은 조용히 감싸 안기도 할 것이다. 그러니 삶은 어쩌면 끊임없이 이어지는 말의 결, 그 눈에 보이지 않는 결에 따라 흘러가는 강물인지도 모르겠다.

아침에는 단골 세탁소를 들렀다. 세탁물을 내어주며 아저씨는 익숙한 농담을 건넸다.

"네, 팔천만 원입니다."

"여기 팔천만 원 드릴게요."

우스갯소리에 돈을 건네면, 아저씨는 늘 환하게 웃으며 "오늘도 복된 하루 되세요!"하며 인사를 꾸벅했다. 하루는 내가 먼저 넌지시 말을 걸었다.

"아저씨, 하루에 그렇게 수천씩 벌면 금세 큰 부자 되시겠어요."

그러자 아저씨는 이만 오천 원을 흔들며, "그럼요, 벌써 오늘 아침에 이억 오천 벌었답니다" 하며 눈가에 웃음을 더 깊게 새겼다. 팔천 원을 팔천만 원으로 부르며 사는 그 모습은 진짜 부자 같았다. 덩달아 나도 부자가 된 듯 마음이 넉넉해졌다.

며칠 뒤, 나는 우연히 역 근처의 작은 꽃집 앞을 지나다가

걸음을 멈췄다. 좁은 공간이었지만, 유리문 앞에는 이름 모를 꽃들이 한가득 피어 있었다. '행복을 드립니다'라는 작은 손글씨가 유리창에 붙어있었다. 기계적으로 인쇄된 간판보다 훨씬 따뜻한 글씨였다.

꽃집 아주머니는 분주히 화분을 정리하며 나를 맞이했다. 나는 장미 한 다발을 집으며 무심코 물었다.

"저 글이 참 좋네요. 행복을 드린다니."

그러자 아주머니는 화사하게 웃으며 말했다.

"어머, 고마워요. 사실은 저 말이 제 삶을 바꿨어요. 매일 꽃을 만지며 손님께 '행복을 드립니다'라고 말하다 보니, 정말 제 마음이 먼저 행복해지더라고요. 하루 매상이 좋지 않아도, 제 입에서 나온 말이 저를 위로해 주곤 해요."

나는 그 말에 잠시 멍했다. 세탁소 아저씨처럼 농담을 씨앗 삼아 웃음을 피워내는 사람도 있었고, 이 꽃집 아주머니처럼 따뜻한 문장을 위로 삼아 삶을 견디는 이도 있었다. 결국 말이란, 누군가의 하루를 지탱하는 든든한 기둥이었다.

집으로 돌아오는 길.

나는 문득 '완전 폐업'이란 그 가게가 떠올랐다. 붉은 글자를 떼어내고 대신 "행복을 드립니다" 같은 문장을 붙여두면 어떨까. 지나가는 사람들의 발걸음이 가볍게 멈추고, 가게 안 공기마저 달라지지 않을까. 언어 하나가 삶의 빛깔을 이렇게 바꿀 수 있다면, 우리가 붙잡아야 할 건 어떤 말이어야 할까.

역 계단을 힘겹게 오르자, 다시 그 붉은 글자에 시선이 갔다. 바람에 찢기듯 펄럭이는 종이 위, 굵은 붓끝으로 새겨진 "완전 폐업." 그 말은 마치 오래된 상처 위에 새겨진 흉터처럼, 지워지지 않는 비명을 내고 있었다.

나는 무심코 가게 안을 들여다보았다. 주인아저씨는 바닥에 신문지를 펼쳐 깔고, 그 위에 작은 의자를 두고 앉아 있었다. 잔에 반쯤 부어진 소주에 기대어, 무언가를 잊으려는 듯 천천히, 그러나 무겁게 술을 들이켰다. 한 모금 한 모금, 천천히 마시는 모습은 아무도 모르게 긴 한숨을 삼키는 것처럼 보였다.

가게 안은 이미 시간이 멈춘 듯했다. 낡은 물건들은 햇빛을 잃은 채 빛이 바래, 바람조차 스쳐 지나가지 않는 공간에서 삭아 내리고 있었다. 철제 선반에는 먼지가 켜켜이 쌓여있었고. 누런 시계는 더 이상 움직이지 않았다.

그 모든 풍경은, 한 시절이 천천히 무너져 내리는 장면 같았다. 나는 그 현수막을 그만 걷어 내고 싶었다. 대신에 예쁜 이름 하나 붙여줄 수 있다면. 이를테면, '따뜻한 영이네.' 같은. 그렇게 수수하고 정겨운 이름이라면 누구라도 그 앞에서 마음이 포근해지지 않을까. 언젠가 그분께 조심스레 청해야겠다. 붉은 글자를 지우고, 다시 햇살 같은 이름으로 따스한

바람의 서곡

간판을 달아보시라고.

  말은 삶의 모양을 빚는 손길이다. 가벼운 농담 속에도 잔잔한 웃음이 배어들고, 무심히 흘린 욕설 속에도 어두운 그림자가 스며든다. 우리가 무심코 내뱉는 말 한마디는 삶의 밭에 심기고, 때가 되면 반드시 열매로 돌아온다. 그 열매가 쓴 고통이 될지, 달콤한 기쁨이 될지는 결국 우리가 고른 말의 빛깔과 향기에 달려 있다는 것.

  나는 오늘도 길을 걷다 간판을 읽는다. 언젠가 다시 그 가게 앞을 지날 때면 붉은 글자가 사라지고 '따뜻한 영이네'라는 고운 이름이 걸려 있기를 바란다. 그날이 오면, 나는 잠시 멈춰 서서 그 이름을 오래도록 들여다보리라. 마치 마음속에 햇살이 번져 드는 듯, 다시 시작할 수 있다는 희망을 믿으며.

6
불모의 밤

　주차장을 맡은 지 십 년이 넘었다. 그 세월은 길고도 허망했다. 빠르게 흘러가는 날들 속에서 나를 스쳐 간 무수한 손님, 그 차들과 그 얼굴들, 그리고 그들 뒤에 감추어진 무심함과 이기심은 나의 삶을 끊임없이 흔들었다. 사람들은 늘 바쁘다며 핑계를 댔고, 책임은 외면한 채 차 문을 닫고 떠났다. 그러나 그 빈자리를 메우는 것은 언제나 내 몫이었다.

　어제저녁도 그랬다. 퇴근 시간이 되어 차들이 빠져나가자 한숨 돌리며 컨테이너를 정리했다. 점심을 거른 탓에 배가 고팠다. 2층에 올라와 허기진 속을 달래려 밥을 짓고, 씻고 쉬려는 순간, 길냥이들 울음소리가 창밖을 울렸다. 아차, 밥을 주지 않았구나. 나는 다시 주차장으로 내려갔다. 사료를 그릇에 부으며 내 일상에 스며든 또 하나의 책임을 다했다. 그 순간 낯선 번호판이 눈에 들어왔다. 열쇠도 맡기지 않고 대충 차를 세우고는 사라진 차량. 그때부터 나는 그 차에 볼모가 된 것이었다.

저녁에 들어오는 차량은 반갑지 않다. 늦게 들어온 차가 떠나갈 때까지, 내 저녁은 저녁이 아니기 때문이다. 본능적으로 신경이 곤두섰다. 다행히 앞 유리에 전화번호가 붙어 있었다. 나는 전화를 걸었다.

"여기 주차장입니다. 어디에 계신지."

그러자 날카로운 여자 목소리가 날을 세우며 돌아왔다.

"잘못 거셨어요." 그리고 탁, 전화를 끊어버렸다.

나는 다시 확인했다. 틀림없이 그 차량에 적힌 번호였다. 다시 전화를 걸어 따졌다. "여기 차량이 분명히 있고, 차량에 적힌 번호라 전화를 한 겁니다." 나도 모르게 그 여자 못지않게 날을 세웠다. 그러자 여자는 그제야 말을 돌렸다.

"아, 참 … 우리 남편이 제 차를 끌고 나갔는데 제가 깜박했네요. 그런데 어디 주차장이죠?"

"네, **동에 있는 주차장입니다."

"이상하네. 거기까지 갈 리가 없는데. 울 그이한테 전화해볼게요."

잠시 후 다시 전화가 왔다.

"어쩌죠. 남편이 전화를 받지 않네요."

그 말은 곧, 내 시간이 구속되었음을 선언하는 것이었다. 나는 다시 겉옷을 걸치고 주차장으로 내려갔다. 기다림 외에는 도리가 없었다. 그러나 이 기다림은 고요하지 않았다. 짜

증과 피로, 억울함이 뒤섞인 기다림이었다. 어정쩡한 손님 한 명 때문에 내 저녁 시간을 뺏기는 기분. 이 억울한 감정이 전신을 에워쌌다.

시간은 더디게 흘렀다. 여덟 시, 아홉 시, 열 시. 책을 펼쳐 보아도 글자가 눈에 들어오지 않았다. 잠시 주차장을 서성이다가 다시 컨테이너로 돌아오기를 반복했다. 자정이 넘자 배가 출출했다. 편의점에서 과자를 사 와서 하나, 둘, 셋 … 세어 가며 먹었다. 과자를 씹고 있지만 나는 분을 삭이는 중이었다.

새벽 두 시, 세 시를 넘어가자 몸은 서서히 굳어갔다. 눈꺼풀은 돌처럼 무거워지고, 근육은 가늘게 떨렸다. 책상 위에 고개를 묻은 채 잠이 들었고, 이윽고 아침 일곱 시, 차가움 속을 가르는 시동 소리가 내 잠을 흔들어 깨웠다.

밖으로 나가 보니, 운전석에는 중년 남자가, 조수석에는 젊은 여자가 앉아 있었다. 새벽의 잔향 속에서 그 모습은 묘하게 낯설고도 불편했다. 나는 차 앞에 서서 차분히 말을 건넸다.

"주차비 **원입니다."

남자는 마른 숨을 내쉬듯 짧게 대답했다.

"어젯밤 술을 마셔서 … 그런데 돈이 없네."

나는 담담히 말을 이었다.

"그래도 **원은 내셔야 합니다."

그는 피식 웃으며 시선을 흘렸다.

"좀 봐주지 그래요. 괜히 빡빡하게 굴긴."

그 순간, 오래 눌러온 피로가 내 목소리에 스며들었다.

"안 됩니다. 기다리느라 밤을 꼬박 샜습니다. 이대로라면 신고할 수밖에 없어요."

남자는 문을 열고 나와 목소리를 높였으나, 그 울림은 곧 가라앉았다. 그는 내 손에 들린 휴대전화를 잡아채려 했지만, 나는 단단히 움켜쥔 채 조수석을 바라보았다.

"아가씨라도 내주시면 좋겠습니다."

그러나 젊은 여자는 창밖의 풍경을 응시한 채, 미동조차 없었다. 그 눈길은 마치 이 모든 상황과 무관하다는 듯 멀고 고요했다. 입술은 굳게 닫혀 있었고, 어깨는 미세하게도 흔들리지 않았다. 말 한마디 하지 않는 그 태도는 오히려 가장 큰 대답처럼 다가왔다. 그 침묵은 말보다 무겁고, 바람보다 차갑게 내 가슴에 내려앉았다. 마치 얼음처럼 단단히 공기가 새어 더 냉랭했다. 그 침묵 속에서, 나는 인간의 무심함이 얼마나 날카롭게 타인을 베어낼 수 있는지를 똑똑히 보게 되었다.

그제야 남자는 마지못해 지갑을 꺼냈다. 만 원짜리 한 장을 내밀었다. 그러나 그것은 주차비의 사 분의 일도 되지 않는 액수였다.

나는 그들을 보냈다. 지쳐 있었고, 더는 싸울 기운도 없었다. 그러나 속은 들끓었다. 단순한 돈 문제가 아니었다. 남의 시간을 도둑질한 자들이 뻔뻔하게 고개를 들고 다니는 세상, 그것이 분노의 뿌리였다.

세상은 아무렇지도 않게 해가 뜨고 진다. 무심히 흘러가는 시계처럼 세상은 언제나 못 본 척한다. 그러나 나는 알고 있다. 이런 무책임한 일들은 쉬이 사라지지 않는다는 것을. 보이지 않는 눈들이 사방에 깔려 있으며, 언젠가는 그 무분별함이 드러날 것이다.

언젠가 또 다른 새벽 세 시, 출차 하는 이를 기다린 적이 있었다. 그들은 나이 지긋한 부부였다. 나는 꼼짝없이 그들을 기다려야 했다. 그런데 그들이 내게 던진 말은 더 가관이었다.

"아직도 기다리고 있었어? 난 아줌마가 주차비 안 받고 그냥 가나 했지."

그 말은 장난도 아니었고, 죄책감도 없었다. 아무렇지도 않게 내뱉은, 비양심적인 사람들의 실체였다.

십 년이 넘는 시간 동안 나는 수많은 밤을 새웠다. 기다림 속에 지치고, 무책임 속에 상처 입고, 뻔뻔함 앞에 무너졌다. 주차장은 단순한 공간이 아니다. 이 사회의 민낯이 가장 적나라하게 드러나는 장소다. 남의 시간을 훔치고도 당당한 사람들, 책임을 외면하는 태도, 그리고 무심히 흘러가는 세상. 그 속에서 나는 매일, 또다시 볼모로 잡힌다.

몇몇 사람들의 터무니없는 이기심이 어떻게 타인의 하루

를 빼앗아 가는지, 비양심적인 태도가 어떻게 사회의 질서를 갉아먹는지, 그 고통은 내 몸과 마음에 남은 피로와 함께 기록되어 있다. 내가 견뎌낸 밤들은 단순한 개인의 토로가 아니라, 공동체의 허술한 윤리를 드러내는 민낯이다.

오늘도 언제 그런 일이 있었냐는 듯, 해가 뜨고 저물었다. 그러나 해는 늘 새로운 증거를 비추듯, 어제의 무책임과 오늘의 무심함을 다시 드러낸다. 내가 바라본 수많은 순간은 결코 사라지지 않는다. 그것은 하나의 고발이 되어, 언젠가 이 무감각한 세상을 향해 똑똑히 속삭일 것이다. 내가 견뎌낸 숱한 밤은 단순한 기다림이 아니었다. 이 기다림은, 눈곱만 한 양심조차 외면한 세상을 향한 기록이자 경고였다.

그리고 나는 알게 된다. 이 주차장은 단순히 쇠와 콘크리트가 얽힌 공간이 아니라, 인간의 마음을 보여주는 거울이다. 그 안에서 드러나는 무책임과 이기심은 어쩌면 우리 사회의 압축된 초상일지 모른다. 작은 자리를 두고 벌어진 무심한 태도와 부주의한 행동은 결국 더 큰 질서의 균열로 이어진다. 누군가의 기다림을 가볍게 여기는 순간, 공동체의 신뢰 또한 조금씩 허물어진다. 그 무너짐은 눈에 띄지 않는 틈새로 번져, 우리가 함께 지켜야 할 삶의 토대를 은밀히 흔든다.

그러므로 나의 기다림은 단순한 인내가 아니다. 그것은 우리 모두의 무관심을 비추는 거울이며, 공동체가 더는 외면할 수 없는 책임을 일깨우는 증언이다. 나의 고통은 곧 우리 사회의 부끄러움이고, 나의 기록은 결국 우리 모두의 의무가 된다. 누군가의 시간을 가볍게 빼앗는 무책임은 끝내 모두의 삶을 무너뜨린다는 사실, 그 단순하고도 명징한 진실 앞에서 우리는 이대로는 침묵할 수 없다. 내가 견뎌낸 숱한 밤은 홀로의 고립이 아니라, 공동체가 함께 짊어져야 할 빚이다. 언젠가 이 기록이 사회 전체를 일깨우는 울림이 되어, 우리가 되찾아야 할 책임의 무게를 잔잔히, 그러나 확고히 되돌려 줄 것이다.

7
코코

　길을 걷던 어느 오후였다. 햇살이 나무 잎 사이로 부서져 내리고, 바람은 풀잎을 스치며 낮은 숨결을 흘렸다. 무심히 길을 따라 걷다가 문득 시선이 멈췄다. 가로수 밑, 그늘 깊은 곳에서 무언가 까맣게 움직이고 있었다. 처음엔 바람에 날린 비닐쯤으로 여겼다. 그러나 그것은 분명히 작은 생명의 기척이었다.
　나는 발걸음을 멈추고 눈을 크게 떴다. 검고 작은 덩어리가 풀잎 사이에서 몸을 움찔거렸다. 가까이 다가가자 그것이 드러났다. 내 주먹만 한, 아직 세상에 제대로 발을 내딛지도 못한 고양이 새끼였다. 순간 심장이 철렁 내려앉았다. "어떡하지?" 그 짧은 물음이 내 머릿속을 울리며 수십 갈래로 퍼져나갔다. 외면해야 할까, 아니면 품어야 할까.
　나는 결국 손을 내밀었다. 아주 조심스럽게, 부서질 듯 가벼운 존재를 들어 올렸다. 새끼 고양이는 눈도 제대로 뜨지 못한 채, 실낱같은 울음을 흘렸다. 앙상한 뼈마디가 손끝에 닿았다. 그 작은 체온이 내 손바닥에 전해지는 순간, 나는 이미 길을 돌이킬 수 없음을 알았다.

집으로 돌아오는 길, 손안에 들어오는 작은 생명을 바라보며 내 마음은 어지럽게 흔들렸다. 불쌍하다고 여겼다가도, 언젠가 이별할 날을 떠올리면 가슴이 미리부터 저려 왔다. 하지만 발걸음은 이미 집을 향하고 있었다.

동물병원에 들러 진료를 받았다. 의사는 고개를 끄덕이며 말했다. "태어난 지 한 달쯤 됐습니다." 그 말을 듣는 순간, 이 작은 생명이 얼마나 연약한 처지인지 실감이 밀려왔다. 처치가 끝나자 나는 박카스 빈 통을 가져와 임시 보금자리를 마련했다. 그리고 사료를 물에 불려 손끝으로 떠먹였다. 작은 혀가 분홍빛 꽃잎처럼 살짝 날아와 내 손가락 끝을 핥았다. 바람이 스치는 듯 가벼운 감촉이었다.

그러나 나는 마음을 단단히 다잡았다. '이 아이를 키워서는 안 돼. 언젠가 떠나보내야 할 날이 온다면, 나는 또다시 눈물을 흘릴 테니까.' 많은 반려견, 토끼와 함께한 기억은 언제나 만남보다 이별의 상처로 남아 있었다. 그래서 나는 차라리 모른 척하자고 다짐했다. 작은 고양이를 마루에 놓고, 무심한 척 일터로 향했다.

하지만 컨테이너 사무실에 앉아있는 동안에도 마음은 도무지 편치 않았다. 서류 위에 눈길을 두고 있어도 머릿속에는 작은 생명이 울고 있는 상상이 맴돌았다. 결국 퇴근하자마자 서둘러 집에 올랐다. 문을 열자마자 들려온 소리는 앵, 앵, 가냘픈 울음. 내 발걸음은 그곳으로 곧장 향했다. 나는 다시 사료를 손가락에 찍어 먹였다. 허겁지겁 먹어 치우는 모습에 눈시울이 뜨거워졌다. 시간을 재어보니 두 시간마다 먹는 듯했다. 그렇게 잘 먹고 잘 잤다.

며칠 뒤, 나는 이름을 지어주었다. '코코'. 코코 샤넬에서 따온 이름이었다. 무조건 아름답게 자라라는 바람을 담았다. 이름을 부르는 순간, 작은 눈동자가 나를 바라보는 듯 느껴졌.

하루는 화장실에 갔더니, 수채 거름망 위에 조그만 대변이 올려져 있었다. 순간 나는 깜짝 놀랐다. '이건 분명히 저 아이가 한 거야.' 아직 어린데 어떻게 스스로 화장실을 가려 쓸 줄 알았을까. 그 모습이 너무 놀랍고 기특해서 나는 마음속으로 '정말 똑똑한 아이구나' 하고 마음속에 새겼다. 그리고 한참 동안 칭찬을 아끼지 않았다.

그 후로는 소변을 볼 때마다 손뼉을 쳐 주었다. 놀랍게도 아이는 그 칭찬을 기다리는 듯 행동했다. 지금까지도 볼일을 본 후에는 문턱에 앉아 조용히 기다린다. 내가 칭찬을 해줘야 만족한 표정으로 마루를 신나게 뛰어간다. 습관은 그렇게 몸에 새겨졌다. 모래 화장실을 사다 주어도 거부했다. 고집스럽게도, 늘 정해진 자리만 고집했다.

시간은 흘러 코코는 커졌다. 이제는 내가 품에 안기 힘들 만큼 무거워졌다. 도도하고 명쾌했다. 곁을 잘 내주지 않는 모습에 서운할 때도 있었다. 그러나 그 독립적인 태도마저도 사랑스러웠다.

몇 해 전, 엄마와 언니가 한 달 동안 우리 집에 머문 적이 있다. 분주하게 한 달이 지나고 나서야 코코의 모습이 눈에 들어왔다. 화장실에 앉았다가 소변은 나오지 않고 곧 일어서는 것이었다. 순간 가슴이 철렁 내려앉았다. 병원을 찾았다. 각종 검사를 거쳐 들은 진단명은 '스트레스 증후군'. 집에 손님이 오면 낯을 가리고, 높은 책장 위에 숨어 있던 모습들이 떠올랐다.

그때 나는 장 그르니에의 글을 떠올렸다.

"동물의 고통은 사람의 고통과 다르지 않은 것일까? 타이오는 내가 아플 때면 나처럼 고통스러워했다. 그가 마지막 병을 앓을 때, 나는 그가 정신적으로도 고통받고 있다고 느꼈다. 만일 인간의 고통을 설명하고 증명할 수 있다면, 왜 동물의 고통에 대해서는 같은 방법으로 할 수 없단 말인가?"

그 말은 내 마음을 깊이 울렸다. 인간은 언어로 고통을 서술하고, 의학으로 증명하려 애쓴다. 그러나 동물은 침묵 속에서 그 모든 것을 견뎌낸다. 그들의 고통은 소리 없는 울림으로 다가와, 오히려 더 진실하고 더 온전하게 느껴진다. 인간이 만든 언어의 그물로는 결코 붙잡을 수 없는 영역이 거기 있었다.

나는 깨달았다. 고통이란 단지 몸의 아픔을 넘어, 존재가 존재를 향해 내는 신호라는 것을. 동물의 고통은 인간의 고통보다 절대 가볍지 않으며, 오히려 더 투명하고 더 절실하다. 그것을 이해하려는 순간, 나는 나와 다른 생명에게 다가가는 법을 배웠다. 그 침묵의 울음을 듣는 귀를, 그 보이지 않는 떨림을 감지하는 마음을.

나는 언젠가 심하게 앓아 사나흘을 꼬박 끙끙대며 누워 있었던 때를 떠올렸다. 아무것도 먹지 못하고, 온몸이 무겁고, 마음조차 어두웠던 시간. 그런데 잠결에 배 위에 무언가 닿는 것을 느꼈다. 놀라 이불을 젖히니 코코가 있었다. 평소엔 절대 이불 속에 들어오지 않던 아이였다. 작은 울음 같은 소리를 내며 내 배 앞에 머물다가, 이내 등을 향해 몸을 붙였다. 그 따스한 체온이 스며드는 순간, 나는 설명할 수 없는 신의 손길을 느꼈다.

코코는 그 시간 내 곁에서 밥조차 먹지 않았다. 오직 나를 지켜보며 함께 누워 있었다. 나는 그 존재 덕에 조금씩 기운을 되찾았고 마침내 자리에서 일어날 수 있었다. 코코는 천사였다. 내 숨결을 살피고, 내 고통을 나누어 짊어지는 존재였다.

나는 그때 배웠다. 큰 소리를 내면 안 된다는 것을. 화가 치

밀어 언성을 높이면 코코는 곧장 납작 엎드려 울었다. 그 울음소리가 너무 안쓰러워 나는 금세 목소리를 거두고 웃고 말았다.

지금 코코는 안락의자에 앉아 졸다 잠들고, 또 졸다 깬다. 세월이 흘러 몸은 무거워졌지만, 귀는 언제나 내 쪽을 향해 있다. 나의 삶은 여전히 그의 존재로 풍성하다.

그의 눈빛은 말이 없지만, 그 안에는 수많은 언어가 담겨 있다. 나를 바라보는 짧은 시선, 내 곁에 머무는 긴 침묵은 언제나 위로와 평안을 건네준다. 인간의 말로 다 하지 못하는 마음을, 이 작은 생명은 온몸으로 보여준다.

코코와 함께한 시간은 단순한 동거가 아니었다. 그것은 내 삶을 비추는 또 하나의 거울이었고, 내 결핍을 메워주는 은밀한 손길이었다. 웃음도, 눈물도, 고독도 함께 나누며 나는 비로소 '함께 산다'라는 의미를 배웠다.

이제 나는 안다. 우리가 나누는 온기와 숨결은 절대 사라지지 않는다는 것을. 언젠가 이별의 시간이 찾아오더라도, 코코는 내 기억 속에서 여전히 살아 숨 쉴 것이다. 작은 발자국, 가느다란 울음, 따뜻한 체온으로.

오늘도 나는 안락의자에 기대어 조용히 눈을 감는 코코를 바라본다. 그 고요한 모습 하나만으로도, 세상은 한없이 안온하다.

8
죄의 중력

 한여름의 열기가 세상을 덮었다. 장마의 먹구름은 물러가고, 나무 그늘마다 매미울음에 귀가 아팠다. 해마다 저 소리가 들리면 나도 모르게 뭔가를 깜빡한 듯이 달력부터 찾았다. 달력에 빨간 볼펜으로 동그라미를 그려둔 걸 다시 눈여겨본다. 어떨 땐 사는 것에 치여 그렇게 해두고도 아득히 잊어버릴 때도 있었다.

 나는 새벽마다 집 근처 공원을 걷는다. 식구들을 보내고 운동화를 신은 채 고요한 길을 오른다. 그곳에서 한 달 전 한 아주머니를 만났다. 온화한 눈빛과 넉넉한 미소가 발걸음을 멈추게 했다. 아주머니는 안사돈과 함께 산다고 했다. 한때는 딸을 힘들게 굴던 사돈이 뇌졸중으로 쓰러지자, 집으로 모셔와 몇 년째 돌보고 있다고 했다. 그러면서 말했다.

 "다 내가 지은 죄가 많아서 그래요. 그러니 그저 마음 비우고 살아가는 수밖에요."

 그 말은 내 마음에 깊이 스며들었다. 그것은 교리나 업보의 무거운 개념이 아니었다. 겸손한 고백이자, 삶을 감싸 안는 한 사람의 다짐처럼 들렸다. 나는 그 이후로 아주머니와 자주 이야기를 나누었다. 마음을 비운다는 것이 무엇인지 배우고 싶었다. 그러나 내 안에는 내려놓지 못한 무거움이 있었다. 어머니가 내게 남긴 말 때문이다. 도스토옙스키는 '인간은 누구나 죄인이다. 그러나 더 큰 사랑으로만 그 죄를 이길 수 있다'라고 하지 않았나. 나는 그 말을 오래 붙들며, 죄와 사랑 사이에 흔들렸다.

결혼한 지 며칠 되지 않아, 어느 날 시어머니가 집에 들르셨다. 방 한가운데 앉으시더니, 마치 오래 묵혀둔 이야기를 꺼내듯 조심스레 한 여자의 사연을 흘리셨다. 같은 마을에 치매 걸린 홀어머니와 장가를 못 간 노총각이 살고 있었는데, 몇 해 전 중매쟁이를 통해 겨우 색시를 얻었다는 것이었다. 그런데 그 새색시가 시어머니를 보필하기를 어찌나 곱고 정성스럽게 했던지, 나이 많은 신랑까지 성심껏 거두더니, 요즘은 떵떵거리며 잘만 살더라고.

말끝에 이르자 어머니는 목에 가시라도 걸린 듯 기침을 하시더니, 다음 한마디에 더욱 힘을 실으셨다. 그 울림은, 단순한 남의 이야기가 아니었다. 마치 나를 향해 똑바로 겨누어진 화살 같았다.

"너도 죄 많은 줄 알고 군소리 내지 마라. 우리가 밥은 안

굶길 테니."

  나는 고개를 들 수 없었다. 그 말은 돌덩이처럼 가슴 깊숙이 내려앉았다. 문득 떠오른 것은 결혼식 날, 웨딩드레스를 입지 못했던 기억이었다. '아무것도 가져오지 말라'던 그 단호한 목소리까지 겹쳐 떠올라, 숨이 막히듯 가슴을 죄어왔다.

  집 안은 들어서는 순간부터 어수선했다. 방마다 먼지가 앉아 있었고, 장롱 위엔 손길이 닿지 않은 세월의 흔적이 겹겹이 쌓여 있었다. 옷장 문을 열자 계절 지난 옷가지들이 뒤엉켜 있었고, 서랍 속엔 빛바랜 모자와 낡은 가방이 아무렇게나 구겨져 있었다. 나는 그 광경 앞에서 잠시 멈추었으나, 오래 머뭇거릴 수 없었다. 결국 팔을 걷어붙이고 걸레와 빗자루부터 찾았다. 마치 이 집에 들어온 첫 순간부터 나에게 맡겨진 일이 바로 대청소인 듯, 나는 구석구석을 치우기 시작했다. 거울에 스친 내 모습은 낯설고 어딘가 초라했지만, 그보다 더 크게 다가온 것은 이 집의 무질서였다.

  시어머니의 그 날 한마디는 내 안에 깊은 그림자처럼 남았다. 억울함에 밤잠을 설친 날도 많았다. 왜 여자에게만 "죄 많음"이라는 굴레가 씌워지는가. 세월이 흘러, 내 앞의 길은 여러 번 꺾이고 막혀 결국 늦은 시기에야 혼례라는 문턱에 다다를 수밖에 없었다. 내게 그 결혼은 비록 더디게 찾아왔지만, 피할 수 없는 선택이었다. 그러나 어머니의 말씀은 그 기다림과 결심을 단번에 죄의 낙인으로 바꾸어 놓았다.

나는 그 말이 위로였는지, 아니면 경멸이었는지 알 수 없었다. 그러나 그날 이후 그 말은 신탁처럼 내 어깨에 얹혔다. 사람은 원죄만으로도 이미 무겁다. 나는 그것조차 감당하기 벅찼다. 그런데 어머니의 정죄까지 더해졌다.

누군가는 말했다. '사람의 혈관에도 기억이 스며든다'라고. 얇은 침끝 하나가 그 자리를 건드리면, 오래 묻어둔 서러움이 폭발하듯 치밀어 올라 눈물이 멈추지 않는다고. 나 또한 그렇다. 내 혈관 속엔 어머니의 말이 깊게 각인되어 있어, 지금도 문득 알 수 없는 순간에 가슴이 조여 오고, 참을 수 없는 오열이 솟구쳐 오른다.

세월이 흐르며 우리는 멀어졌다. 그러나 이렇게 글로 고백하는 것은, 나도 마음을 비우기 위함이다.

그날, 어머니가 내게 단지 "힘든 일이 있어도 서로 아끼며 잘 살아라" 그 한마디만 건네주셨더라면 어땠을까. 아마 내 마음은 한결 가벼워져, 낯선 집의 문턱을 넘어서는 발걸음도 덜 떨렸을 것이다. 그토록 단순하고 따뜻한 말씀이었다면, 세상 앞에 나를 내던져도 견뎌낼 힘이 되었을 것이다. 그러나 그 한마디가 끝내 주어지지 않았기에, 나는 오래도록 불필요한 죄의식을 짊어진 채 살아야 했고, 그 무게는 오늘도 내 어깨를 눌러온다.

그런데 나는 여전히 묻고 싶다. 도대체 어떤 삶을 살아야 죄 없다고 불릴 수 있는가. 세상의 법과 규범을 다 지킨다 한들, 마음속 깊은 결핍과 상처까지 면죄될 수 있는가. 내 어깨를 끝내 짓누르는 이 죄의 중력, 그 무형의 굴레를 이제라도 거두어 주실 수는 없는가.

나는 바람결에 스치듯 만난 공원의 아주머니를 떠올린다. 삶의 무게를 고스란히 지니면서도, 마치 오래된 나무처럼 고요한 웃음을 머금던 얼굴. 언젠가 나도 그처럼 내 안의 허물과 상처를 부드럽게 끌어안은 채, 비워내듯 살아갈 수 있을까. 죄, 많음조차 내 삶의 한 결로 받아들이며, 마침내 그 위에 잔잔한 미소를 지을 수 있을까.

이 글을 쓰는 것은 내 안에 오래 굳어 있던 응어리를 찢어내어 바람에 흩날려 보내기 위함이다. 말로는 다 풀어내지 못한 상처와 억울함을 글의 행간에 실어 떠나보내려 한다. 잊는다는 것은 단순한 망각이 아니라, 비워내어 새로운 자리를 마련하는 일이라 믿는다. 그래서 오늘 나는 이 고백을 바친다. 언젠가 이 고백마저도 바람 속에 스며 사라지기를, 그리고 그 자리에 더 넉넉한 평온과 미소가 피어나기를 바란다.

9
곰팡이

창밖은 폭풍우가 몰아치고 있었다. 작업 현황을 컴퓨터에 옮기는 일이 거의 끝나갈 무렵, 등 뒤 창밖으로 번개가 번쩍 스쳤다. 나는 순간 움찔하며 키보드를 잘못 눌렀다. 급히 입력하던 파일이 한순간에 허공으로 흩어졌다. 저장을 미뤘던 탓이었다. 오, 빌어먹을. 화면은 까맣게 비워졌고, 나는 망연자실한 채 그 공허한 창을 오래도록 응시했다. 어쩐지 바람이 실내로 스며드는 듯한 서늘함이 등줄기를 훑었다.

문득 창에 비친 것은 엄마의 모습이었다. 벽지에 핀 곰팡이를 닦느라 온전히 몰두한 뒷모습. 엄마의 하루는 곰팡이를 지우는 일로 가득 차 있었다. 고무장갑을 낀 손끝은 끊임없이 벽을 문질렀고, 그 싸움은 결코 끝날 줄 몰랐다. 우리가 이사하는 집마다, 방의 북쪽 벽에는 어김없이 곰팡이가 번져 있었다. 그것들은 검은 잎맥처럼 벽에 붙어 흔들렸고, 꽃받침을 닮은 무늬로 벽을 점령했다. 기하학적인 문양은 그림자처럼 따라다니며 내 생을 가로질렀다. 오벨리스크의 그림자처럼 길게 드리워지며 언제나 내 주위를 덮고 있었다.

  나는 작업을 처음부터 다시 해야 했다. 옆자리 주임의 눈치를 살피며. 의류를 보관하는 물류창고에서 그날 들어온 물량을 하나하나 문서로 정리해야 했다. 주임은 이미 눈치를 챘을 것이다. 힐끗 본 그의 옆얼굴엔 시침과 피로가 뒤섞여 묻어 있었다. 새 문서를 열었다. BELLA. O.P6203 로트넘버 110764 … 끝도 없는 숫자와 코드가 화면 위로 이어졌다. 담배를 태우던 주임의 연기가 천천히 내 쪽으로 밀려오자, 나는 더 세게, 더 빠르게 키보드를 두드렸다. 마치 그 소리로만 내 존재를 증명할 수 있을 것처럼.

  세상에. 이러다 서울 시내가 물에 잠기겠군. 우산은 뒤집혀 졌고 그대로 비를 맞으며 나는 집으로 돌아왔다. 지하 방은 더욱 습했다. 문을 열자 곰팡내가 더욱 기승을 부렸다. 나는 기침을 했다. 나는 피곤하여 눅눅한 이불에 쓰러져 그대로 잠이 들었다.

  수런대는 소리가 들렸다. 꿈속에서처럼 아득했다. 나는 눈을 떴다. 그리고 일어나 무심히 바닥에 내려섰다. 발이 물에 빠졌다. 차가웠다. 나는 도무지 여기가 어딘지 분간할 수 없었다. 물결이 조용히 찰랑대는 소리가 들렸다. 나는 발이 잠긴 물을 지치며 어슴푸레한 빛에 의지해 벽의 스위치를 찾아 올렸다.

곰팡이는 언제나 북쪽 벽에 피어났다. 어린 시절의 나는 늘 그 북쪽의 그늘 속에서 살았다. 눅눅한 방바닥과 벽에 밴 냄새와 함께 잠들었고, 곰팡이의 그림자를 이불처럼 덮으며 자라났다. 아무리 닦아내도, 벗겨내도 지워지지 않던 무늬는, 마치 가난이 남긴 흔적처럼 우리 삶에 각인되어 있었다. 곰팡이는 존재의 끈질김을 가장 은밀하게 증명하는 생물이자, 내 기억 속에서 어두운 문양으로 끝내 남아 있었다.

나는 지하 방을 면치 못했었다. 비가 내리면 공기는 눅눅하게 내려앉았고, 벽은 이내 차갑게 젖어 들었다. 여름밤, 눅진한 이불에 몸을 던지면 꿈속에서도 나는 물 위에 떠 있었다. 침대는 둥둥 흔들리며 흘러갔고, 나는 그 흐름을 거슬러 오르지 못한 채 끝없이 떠내려갔다. 새벽녘에 눈을 뜨면 지하 방의 공기엔 늘 곰팡내가 감돌았다. 바람이 스쳐 지나가도 남아 있는 오래된 음악처럼, 공기 속에 배어든 무형의 흔적이었다.

홍수는 예고 없이 삶을 덮쳤다. 발밑으로 흙탕물이 차올랐고, 장롱과 휴지통이 물결에 삼켜졌다. 지하 방들은 바다처럼 잠겼고, 사람들은 젖은 이불과 옷가지를 햇살에 널었다. 나는 회사에 나가지 못한 채 방바닥 비닐을 걷어내고 스티로폼을 깔았다. 밤이면 물 스며드는 소리를 들으며 나도 서서히 녹아 흘러가는 듯했다. 손끝과 발끝이 사라지고, 몸속까지 물에 섞여 남는 것은 검은 머리카락 한 움큼뿐. 그것마저 하수구에

걸려 흔들린다면, 마지막으로 자신의 몸을 기억하려는 몸짓 같았다.

추석 무렵 태풍이 지나간 뒤, 동네는 초라한 전시장 같았다. 흙탕물에 젖은 가구와 빨래들이 골목길을 메우고, 서로의 물건이 사라졌다며 다투는 이웃들의 목소리가 햇살 속에서 흩어졌다.

곰팡이는 그 후 더욱 기세를 올렸다. 군데군데 번지던 검은 꽃이 벽을 따라 끝없이 퍼져나갔다.

교실의 곰팡이를 바라보며 깨달았다. 그것은 집 벽에만 피는 것이 아니었다. 세상 어디든 스며드는 존재였다. 그 냄새는 내 숨결에 스며와 삶의 공기가 되었고, 천장 모서리의 얼룩은 낡은 지도처럼 미지의 대륙을 펼쳤다. 집 벽지의 얼룩과 겹쳐 보며 알 수 없는 위안을 느꼈다. 우리 집만의 낙인이라 믿었던 것들이 세상 곳곳에 피어 있다는 은밀한 동지감. 그러나 그 친숙함은 동시에 수치처럼 가슴을 찔렀다. 곰팡이는 이미 어디에나 있었다.

나는 집에 돌아오면 계속 벽지를 긁어내며 '썩었다'라는 단어를 입안에서 굴리곤 했다. 그러나 썩은 것은 벽이 아니라, 삶이었고, 기억이었으며, 내 안의 깊은 곳이었다. 기침은 날마다 나를 뒤흔들었고, 기관지 깊숙한 곳에 곰팡이가 뿌리내린 듯했다. 아무리 보일러를 세게 틀고, 선풍기를 틀어 말려도 그것들은 사라지지 않았다. 곰팡이는 내 호흡 속에 얽혀들며, 내가 뱉는 숨마다 다시 증식하는 듯 끈질기게 나를 괴롭혔다.

엄마는 늘 고무장갑을 끼고 의자 위에 올라섰다. 걸레를 움켜쥔 손끝은 깃발처럼 높이 들려 있었지만, 그 뒷모습은 언제나 왜소했다.

"저것들은 목숨보다 질기구나."

엄마의 한숨 섞인 목소리가 방 안을 울렸다. 곰팡이는 잘게 부서져 흩날리고, 다시 벽에 돌아와 붙었다. 액자처럼 걸린 검은 무늬들은 우리의 시간을 먹으며 자라났다.

나는 어느 날 엄마의 걸레를 빼앗으며 외쳤다.

"그냥 두세요. 저건 없어지지 않아요. 우리가 죽어도 남아 있을 거예요. 언젠가 세상을 뒤덮을지도 몰라요."

엄마는 말없이 다시 걸레를 빨아 들고 의자 위에 올라섰다. 그것은 끝없는 전쟁이었다. 때로는 벽지를 도려내기도 했다. 드러난 시멘트벽은 검은 창 같았고, 엄마는 그 창을 새 벽지로 덮었다. 그러나 우리의 벽에는 언제나 색색의 창들이 매달려 있었다. 계절의 창, 기억의 창, 슬픔의 창.

곰팡이는 자연의 산물이다. 그러나 내게 그것은 단순한 자연현상이 아니었다. 곰팡이는 삶의 비밀스러운 무늬이자, 지워지지 않는 사건의 흔적이었다. 인간의 힘으로는 닦아낼 수 없는 기억, 지워지지 않는 상처, 끝내 함께 견뎌야 하는 그림자.

나는 지금도 곰팡이 앞에 서서 생각한다. 그것은 내 삶의 균열이자, 지워지지 않는 흔적이다. 아무리 닦아내도 다시 스며드는 그 질긴 존재는 나를 지치게 하면서도, 내가 살아왔음을 증언한다. 벽에 드리운 검은 얼룩은 마치 굳어버린 눈물같아, 내가 지나온 시간을 은밀히 비추는 창이 된다.

불현듯 빅토르 위고의 문장이 스친다. "곰팡이의 작은 얼룩도 꽃무리요, 성운은 별들의 군락이다." 정말 그럴까. 저 검고 눅눅한 얼룩에도 언젠가 꽃이 피듯 의미가 스며 있을까. 혹은 그것이 단지 슬픔의 흔적일 뿐일까.

나는 그 문장을 오래 곱씹는다. 벽 위에 번져가는 검은 얼룩은 단순한 오염이 아니라, 어쩌면 세상이 본래 지닌 혼탁함의 자취일지도 모른다. 세상은 언제나 어지럽고, 인간의 마음은 욕망과 집착, 번뇌와 고통으로 끊임없이 흔들린다. 그 혼탁은 이름 없이 스며들어 벽 위에 남고, 몸속에 스며들며, 삶 전체의 무늬가 된다.

곰팡이를 마주할 때마다 나는 그 사실을 확인한다. 닦아내도 남는 얼룩처럼, 아무리 지우려 해도 지워지지 않는 기억이 있고, 끝내 받아들일 수밖에 없는 상처가 있다. 그것은 나를 옥죄는 결박이면서 동시에 내가 살아왔음을 증언하는 표식이다. 검은 얼룩은 삶이 남긴 흉터이자, 또 다른 별자리였다.

   나는 곰팡이 앞에서 오랫동안 멈춰 서곤 한다. 벽에 번지는 그 어두운 문양은 한편의 우주처럼 보인다. 멀리서 보면 불길한 얼룩일 뿐이지만, 가까이 다가가면 꽃무리처럼 섬세한 결을 지니고 있다. 그 안에는 내가 지나온 계절이 스며 있고, 울음과 침묵이 깃들어 있다. 곰팡이는 단순히 벽을 잠식하는 것이 아니라, 시간의 결을 따라 삶을 새기고 있었다.

   세상이 지닌 모든 혼탁이 한 점의 무늬로 응고된 듯, 곰팡이는 어둠 속에서도 자신의 길을 그려나간다. 나는 그 앞에서 배운다. 지워지지 않는 것들의 인내를, 사라지지 않는 흔적의 질긴 아름다움을. 곰팡이는 검은 눈물처럼 벽에 드리워져 있으나, 그 눈물은 결국 새로운 별빛의 군락으로 이어지고 있었다.

10
담쟁이

작은 화분에 담쟁이 두 뿌리를 옮겨 심었다. 흙 속에 영양제를 조금 섞어 넣는 것도 잊지 않았다. 연약한 뿌리는 천천히, 그러나 신기하게도 빠르게 자리를 잡았다.

나는 화분을 벽에 기대어 두었다. 마치 언젠가 저 벽을 타고 오를 것임을 알고 있다는 듯, 담쟁이는 벽돌 틈을 더듬으며 가지를 내밀었다. 처음엔 한 뼘, 다시 두 뼘, 세상을 향한 손길이 그렇게 조금씩 높아졌다. 몇 해가 흘렀는지, 이제는 정확히 기억나지 않는다. 어느새 담쟁이는 이 층 베란다 난간을 휘감고, 햇빛이 머무는 자리마다 잎을 펼쳐 자신만의 숲을 이루었다.

그 모습을 볼 때마다 나는 '용기'라는 단어를 떠올린다. 돌벽은 차갑고 단단하지만, 담쟁이는 한 올의 푸름으로도 길을 찾아낸다. 뿌리를 내릴 틈만 있다면, 식물들은 언젠가 꼭 싹을 틔우는 법이다. 마치 세상에 대한 믿음을 잃지 않는 작고도 강인한 생명인 듯.

연약한 줄기 하나가 혼자 설 수 없음을 알면서도 벽을 의지해 올라가는 모습은 묘하게 가슴을 저민다. 담쟁이는 여린 줄기를 버티기 위해 벽돌 틈에 뿌리를 조금씩 내린다. 태풍이 몰아쳐도 그 뿌리는 쉽게 흔들리지 않는다. 약하다고 해서 반드시 꺾이는 것은 아니듯. 나는 큰 가로수가 태풍에 뿌리째 뽑혔다는 소식을 들은 적은 있지만, 담쟁이가 무너졌다는 이야기는 아직 들어보지 못했다. 연약함을 안고도 포기하지 않는 생명력, 그것이 담쟁이다.

담쟁이는 삶을 쓰는 어느 화가의 붓과 같다. 하늘의 소식과 밤의 기척을 조용히 모으며 벽을 오른다. 누구도 주목하지 않을 때도 잎 하나하나를 펼치며 자신의 길을 만든다. 바람이 스칠 때마다 잎들은 작은 고개를 끄덕이듯 흔들린다. 그 모습을 보고 있으면 나도 모르게 따라 고개를 끄덕이게 된다. 위로란 거창한 말이 아니라, 그저 옆에서 조용히 고개를 끄덕여주는 일일지 모른다.

담쟁이를 볼 때마다 어김없이 떠오르는 한 사람. 나의 외숙모였다. 그녀는 내 어린 시절의 기억 속에서 묵묵히 자기만의 벽을 타고 오르던 담쟁이 같은 사람이었다. 세상은 그녀에게 평평한 길을 내어주지 않았다. 오히려 매번 거친 돌담과 비탈길만을 안겨주었다. 그러나 그녀는 멈추지 않았다. 삶이 길을 열어주지 않을 때 어떤 사람은 스스로 길이 된다. 외숙모가 바로 그런 사람이었다.

　외숙모의 남편, 그러니까 나의 외숙부는 삶의 무게 앞에서 늘 비틀거렸다. 무능력하고 때로는 심술까지 부리던 그를 대신해 외숙모는 가족을 지탱해야 했다. 그녀의 삶은 시집살이의 굴레와 빚이라는 그림자로 시작되었다. 그러나 그녀는 주저앉지 않았다. 주방으로 나가 일을 시작했고, 처음엔 남의 집 부엌에서 접시를 닦으며 하루를 이어갔다. 하지만 그녀는 손맛이 있었다. 끊임없이 배우고 익히며 음식을 만들던 그녀는 어느새 주방장이 되었고, 다른 식당에서 스카우트 제안까지 받을 만큼 인정받았다.

　나는 그때의 외숙모를 아직도 기억한다. 좁디좁은 월세방이었지만 언제나 깨끗했고, 식탁 위에는 정성 가득한 반찬이 놓였다. 그녀는 늘 감사하다고 말했다. "있는 것에 감사해야지." 그 말이 어린 나에게는 이해되지 않았다. 빚에 허덕이고, 하루하루 고된 노동을 이어가면서도 어째서 감사할 수 있을까. 그러나 지금은 안다. 감사는 마음을 무너지지 않게 붙드는 가장 단단한 뿌리였다는 것을.

　그러던 어느 겨울, 외숙모는 쓰러졌다. 뇌졸중이 그녀를 덮쳤다. 몸의 절반이 말을 듣지 않았다. 다리가 굳어 제대로 설 수도 없었다. 하지만 그녀는 일터를 떠나지 않았다. 몸은 불편했지만, 손끝의 감각과 미각은 여전히 살아 있었다. 그녀는 일하는 아주머니를 고용해 대신 손을 움직이게 하고, 자신은 말로 지시하며 음식을 만들었다. "그렇게 하지 않으면 빚을 갚을 수 없으니까." 그녀가 내게 했던 말이다. 그때 나는 눈물이 났다. 진짜 용기는 넘어지지 않는 것이 아니라, 넘어지고도 다시 손을 뻗는 것임을 그때 처음 알았다.

그 무렵 나는 첫 출근을 앞두고 두려움에 사로잡혀 있었다. 낯선 사람들 틈에 잘 해낼 수 있을까, 걱정부터 앞섰다. 마침 외숙모가 집에 들러 그런 나를 보며 넌지시 말을 건넸다.

"왜 그렇게 얼굴이 잔뜩 굳었어?" 숙모가 다정하게 물었다.

나는 결국 속내를 털어놓았다. "낼 출근 첫날이라서. 두렵기도 하고 그냥 도망치고 싶어요."

숙모는 한참을 내 얼굴을 바라보았다. 그리고 빙그레 웃으며 말했다.

"도망치면 벽은 더 높아져. 두려워도 손을 뻗으면 벽은 조금 낮아지는 법이야. 나도 처음 주방으로 들어갔을 때도 정말 무서웠어. 하지만 한 번 손을 뻗고 나니 길이 생기더라."

그 말은 단순했지만, 이상하게 내 가슴을 두드렸다. 숙모가 온전치 않은 몸으로 부엌에서 일하는 모습이 그 순간 더 크게 와닿았다. 삶이 그녀를 몇 번이고 넘어뜨렸지만, 그녀는 매번 손을 뻗어 벽을 붙잡고 일어섰다. 그날 밤, 나는 두려운 마음을 지워보려고 애썼다. 어떤 일이든 쉽게 포기하지 말아야겠다고 결심했다.

외숙모는 늘 절뚝이며 걸었다. 혼자 설 수 없을 때는 무언가를 붙잡아야 했다. 그런데도 그녀는 일해야만 했다. 녹록지 않은 그녀의 삶이 외숙모를 가만히 놔두지 않았기 때문이었다. 그렇게 세월을 밀고 나아간 그녀는 결국 빚을 모두 갚았다. 그리고 자녀들을 끝까지 공부시켰다. 아이 둘은 대학원을 졸업했고, 좋은 짝을 만나 가정을 꾸렸다. 나는 그 모습을 지켜보며 속으로 외쳤다. 저건 기적이 아니라 의지였다. 포기는 한순간에 찾아오지만, 버티는 힘은 평생을 만든다는 것을 그녀가 몸소 보여주었다.

나는 가끔 외숙모가 조용히 웃던 얼굴을 떠올린다. 힘들었을 텐데, 그 웃음은 참 따뜻했다. 그녀는 늘 말했다. "용기를 잃으면 아무것도 못 해." 그 말이 내 가슴에 단단히 박혀 있다. 용기란 불꽃처럼 화려한 것이 아니라, 어둠 속에서도 잔잔히 타오르는 등불이다. 남이 알아주지 않아도, 흔들리지 않고 자신을 일으켜 세우는 작은 힘. 그것이 있으면 한 걸음이라도 앞으로 나아갈 수 있다.

담쟁이는 오늘도 내 창가를 오른다. 잎사귀마다 작은 빛이 머문다. 나는 가끔 그것을 바라보며 외숙모를 떠올린다. 세상의 바람이 아무리 세차게 불어도, 벽을 의지해 한 뼘씩 위로 오르던 그녀를. 세상은 우리를 흔들 수는 있어도 꺾을 권리는 없다는 것을 그녀가 증명했다. 삶의 폭풍이 그녀를 휩쓸었지만 끝내 꺾지 못한 것처럼.

어쩌면 우리는 각자의 벽을 오르는 담쟁이다. 혼자 설 수 없기에 무언가를 붙잡고, 넘어질 듯 흔들리면서도 다시 줄기를 내민다. 남들이 알아주지 않아도, 누군가의 창가에 닿아 한 줄기 그늘을 만들고, 언젠가 초록의 이야기를 피워낸다. 외숙모가 그러했듯 나 역시 그렇게 살아가고 싶다.

나는 오늘도 조용히 담쟁이를 바라본다. 잎사귀 하나가 바람에 팔랑거린다. 그것은 나를 향해 보이는 작은 손길 같다. "괜찮아, 너도 올라갈 수 있어."라고 수없이 고개를 끄덕여 주는 응원처럼 보인다. 초록빛 물결을 향해 나도 모르게 고개를 끄덕인다.

삶이란 벽을 허무는 것이 아니라, 벽을 오르는 법을 배워가는 일임을 문득 깨닫는다. 거대한 장벽 앞에서 주저앉지 않고, 작은 틈 하나를 발견해 뿌리를 내리고, 그 위로 조용히 몸을 끌어올리는 일. 그 길 위에서 나는 다시 한 걸음을 내딛는다. 비록 더딜지라도, 한 잎 한 잎 푸름을 키워내는 담쟁이처럼. 다시 용기를 내 오르고, 품고, 끝내 그 위에 나의 푸른 길을 놓아주면 되는 것이다.

11
걸레 박물관

디트로이트에 가면 걸레 박물관이 있다고 했다. 세상 곳곳의 걸레를 모아 놓았다는 그곳. 나는 오래전부터 그 장소가 내 마음 한편에 작은 불씨처럼 남아 있었다. 걸레라는 명사는 오랫동안 나의 가슴속에 묵묵히 자리를 지켰다. 누구나 하찮게 여기고, 더럽다고 얼굴을 찌푸리는 그 물건. 그러나 나에게 걸레는 가장 고귀한 사물이었다. 세상의 먼지를 감내하며 빛나는 것들을 다시 빛나게 만드는 것, 그 일이야말로 숭고하지 않은가.

나는 오래전에 한 기사를 읽었다. 박물관 직원과 청소부를 위한 의상 전시, 이름하여 '박물관의 형상'이라는 전시였다. 나는 그 이미지를 상상한다. 어떤 예술가는 청소 담당 직원을 표현하기 위해 화려하고 밝은색의 작업복을 만들어 평등한 권리를 상징했다고 한다. 또 다른 예술가는 묵묵히 그림자처럼 일하는 사람을 위해 검은 도포를 디자인했다.

그 전시가 실제로 감상하지 못한 것은 중요하지 않다. 중요한 것은 그 이미지가 내 마음에 남긴 울림이다. 늘 뒤에서 묵묵히 존재를 감춘 채 빛을 만들어내는 사람들. 세상은 얼마나 많은 손길을 보지 못한 채 지나치는가. 이름도, 빛도 없이 남의 흔적을 닦아주는 존재들.

SNS를 열어보면 수많은 목소리가 쏟아진다. 빛나는 성취와 화려한 장면들이 스크롤을 따라 흐른다. 그러나 그 이면에는 보이지 않는 손길이 있다. 트위터 타임라인 한쪽에서 누군가는 묵묵히 다른 이의 상처를 닦아주고, 작은 조언 하나로 길을 열어준다. 닉네임만으로 좋아요, 라는 러브 마크를 누르며 그냥 스쳐 가는 문장 하나가 어떤 이에게는 고된 하루를 버틸 힘을 준다.

나는 종종 SNS에서 발견한 낯선 한 문장을 잊지 못한다. "세상이 너를 외면해도 너 자신을 닦아낼 힘을 잃지 말라." 그 닉네임은 힘듦을 토로하는 어느 계정 뒤에 슬쩍 그 한 줄을 남기고 갔다. 그러나 그 문장은 내 마음을 한참 붙들었다. 누군가의 작은 손길이 어지러운 내 마음을 닦아주었다.

역사를 펼쳐도 그렇다. 수많은 사상가와 예술가, 선각자들은 찬란한 빛을 받기 전, 한없이 낮고 힘겨움 속에서 세상을 닦았다. 공자와 소크라테스는 길거리에서 제자들과 대화를 나누며 인간의 마음을 닦았다. 간디는 소금 행진을 하며 제국의 폭력을 닦아냈다. 마더 테레사는 가장 버려진 이들의 상처를 닦아 주었다. 그들의 이름이 거대한 기념비가 되기 전, 그들은 모두 걸레처럼 낮은 자리에서 시작했다.

나는 그들의 발자취를 따라가다 보면, 한 가지를 깨닫는다. 위대함은 언제나 가장 낮은 곳에서 출발할지도 모른다고. 그곳에서 묵묵히 닦아내는 손길이 역사의 찬란한 길을 열어왔다.

걸레는 말이 없다. 반항하지도, 칭찬을 바라지도 않는다. 그저 오물을 닦아내고 제자리에 돌아간다. 그러나 그 침묵은 단순한 무력함이 아니라 희생의 언어다. 세상에서 가장 중요한 바탕은 소리 없이 존재한다. 집이든 인간의 관계든, 먼저 닦아내야 비로소 빛을 되찾는다.

사람도 그렇다. 세상에는 그림자 같은 사람들이 있다. 남이 흘려놓은 것을 닦아주고, 제자리에 돌려놓고, 아무 일 없다는 듯 사라지는 사람들. 그들의 노동 위에 우리는 서 있다. 그러나 우리는 자주 그들의 손을 잊는다. 깨끗해진 자리를 보면서도, 그 누군가의 희생을 떠올리지 않는다.

"세상의 위대함은 보이지 않는 손 위에 서 있다." 나는 이 문장을 자신에게 자주 각인시킨다. 눈에 띄지 않는 존재들이 삶의 토대를 만든다. 걸레가 없다면 집은 쉽게 더럽혀지고, 가구는 금세 먼지에 잠긴다. 사람의 관계도 마찬가지다. 누군가의 묵묵한 배려와 양보가 없었다면, 우리는 이미 서로의 날카로운 모서리에 찔려 버렸을지 모른다.

  SNS를 하다 보면, 사람들이 얼마나 빨리 잊는지 깨닫는다. 누군가의 친절한 댓글, 한때 우리를 일으켜 세운 문장이 잊히는 데는 며칠이면 충분하다. 우리는 새로 올라오는 화려한 이야기들 속으로 곧장 이동한다. 그러나 우리의 오늘은 사실 그 보이지 않는 손길 위에 서 있다.

  나는 가끔 고전들을 펼친다. 선인들의 책 속에서 발견하는 것은 거창한 선언보다 묵묵한 닦음의 기록이다. 파스칼은 고독한 방에서 인간의 내면을 닦았다. 탈무드의 익명 저자들은 수많은 세대를 위해 지혜를 닦아 두었다. 어떤 책들은 마치 낡은 걸레 같다. 누군가가 시대의 먼지를 닦아냈기에 우리는 오늘 그 위에서 생각할 수 있다.

  그래서 나는 감히 말하고 싶다. 걸레를 성인의 반열에 놓고 싶다. 더럽혀지는 것을 마다하지 않는 것, 그것이야말로 사랑의 본질 아닐까. 모든 빛나는 것은 누군가의 묵묵한 닦임 위에 선다. 우리가 발 딛고 있는 이 자리에도, 누군가의 손길이 있었다.

  나는 자주 새 수건을 걸레로 만든다. 닦은 뒤에는 깨끗이 빨고 삶아 햇빛에 말린다. 다시 쓰기 위해 부지런히 준비해 둔다. 때로는 그것으로 흘린 커피를 닦고, 때로는 친구가 SNS에서 보낸 너덜너덜한 메시지를 읽으며 내 마음을 닦는다. 닦아낸다는 것은 단순한 청소가 아니다. 누군가의 고통을 받아 안아 주는 일이다.

삶이란 결국 수없이 더럽혀지고 다시 닦이는 과정인지도 모른다. 때로 우리는 걸레가 되고, 때로 누군가에게 닦임을 받는다. 관계는 그렇게 이어진다. 내가 오늘 닦아준 자리가 내일 누군가에게 쉼이 되듯, 나 또한 언젠가 누군가의 손길에 의해 정돈될 것이다.

나는 언젠가 디트로이트의 걸레 박물관을 찾아가고 싶다. 세계 곳곳의 걸레들을 바라보며 그 뒤에 서 있는 수많은 사람의 이야기를 상상할 것이다. 그곳에는 아마도 어머니의 손길 같은 걸레, 병원 바닥을 닦던 이름 없는 간병인의 걸레, 공장에서 흘린 땀을 닦던 노동자의 걸레, 그리고 세상의 눈물과 먼지를 닦아낸 이름 없는 손길들의 흔적이 있을 것이다.

그 걸레들은 말이 없겠지만, 나는 그 침묵에서 웅장한 목소리를 들을 것 같다. "우리가 있었기에 세상이 다시 빛을 얻었다." 그것이 걸레의 선언이자 사랑의 방식이다.

우리는 빛나는 것을 찬양하느라 종종 그 근원을 잊는다. 그러나 나는 오늘, 작게라도 그 원형을 노래하고 싶다. 닦아낸 손길을, 더럽혀짐을 두려워하지 않는 마음을.

어쩌면 문학이란 것도 그와 비슷하지 않을까. 세상의 가장 낮은 곳에서 묵묵히 먼지를 닦아낸 이들의 이야기를 발견하고 기록하는 것. 나는 글을 쓸 때마다, 내 안의 걸레를 떠올린다. 그 겸허함으로 세상을 닦아내고 싶다.

언젠가 나는 디트로이트의 걸레 박물관 앞에 서 있을 것이다. 세상의 먼지를 묵묵히 삼켜온 수많은 천 조각들이 그곳에 모여 있을 것이다. 나는 그 앞에서 조용히 숨을 고르고, 이렇게 속삭일 것이다.

"그 덕분에 우리는 빛난다. 그 희생 위에 우리 삶이 해맑게 빛난다."

그 순간 보이지 않는 손길이야말로 세상을 지탱한다는 진리를 새삼 깨달을 것이다.

아마도 한참을 그 자리에서 움직이지 못할지도 모른다. 세상 곳곳을 닦아낸 무수한 손길, 이름도 없이 사라져간 희생을 떠올리며. 걸레 하나하나가 마치 소중한 일기처럼 말 없는 이야기를 품고 있을 것 같다. 나는 그 수고의 시간을 생각하며 잠시 침묵하리라.

먼지와 오물 속에서도 빛을 잃지 않는 인간의 존엄, 그 보이지 않는 존귀함을 가슴 깊이 새기며. 그리고 다시 돌아서는 걸음마다, 나 또한 오늘 누군가의 삶을 조금이라도 닦아낼 수 있기를, 그렇게 작은 빛을 남길 수 있기를 조용히 다짐할 것이다.

12
키위 새

 키위 새는 날개도, 꽁지도 없다. 하늘을 잃었지만, 그 잃음 속에서 자신만의 땅을 발견한 새다. 날지 못함이 그를 불완전하게 한 것이 아니라, 다른 방식의 온전함으로 이끌었다.
 사람들은 그저 "퇴화한 날개"라고 설명하지만, 내겐 애초부터 날개 따위 달고 태어난 적이 없는 생명처럼 보였다. 긴 부리 하나, 둥근 몸 하나, 두 다리뿐. 그래도 사람들은 그를 새라 부른다.
 사람은 균형을 위해 팔을 흔들고, 다리를 딛는다. 나는 어린 시절, 키위 새를 보고 공연한 걱정에 잠겼다. 돌부리에 걸려 넘어지면 어쩌나, 세찬 바람에 휩쓸리면 어쩌나. 뉴질랜드의 숲속에만 산다는 그 새는 이제 멸종의 문턱에서 간신히 숨을 쉬고 있다고 했다. 슬픈 새. 새라 부르기에도 미안한 존재. 나는 그 새를 처음 보았을 때부터 알 수 없는 연민에 사로잡혔다.
 그 새를 떠올릴 때마다 나는 한 사람을 생각했다. 세상은 그를 '날지 못하는 사람'이라 불렀지만, 나는 그가 지상의 새라고 느꼈다.

내게도 그 새를 닮은 한 사람이 있다. 바로 나의 이모부님이시다.

젊은 날, 그는 일본으로 유학을 떠나 학문에 매진하던 사람이었다. 꿈을 품고 돌아오던 길, 부산에서 뜻밖의 교통사고를 당했다. 척추를 다친 그의 세계는 하루아침에 뒤집혔다. 긴 병상 생활이 시작되었고, 미래는 그 자리에서 멈춰 서버렸다.

그 병원에서 그는 이모를 만났다. 이모는 어린 아들을 데리고 살아가던 여인이었다. 병실은 늘 고요했고, 그의 하루는 길고 외로웠다. 그는 오랫동안 침묵했고, 이모는 그 침묵을 묵묵히 견뎠다. 그렇게 시간이 쌓이면서 둘 사이엔 사랑의 온기가 생겨났다.

그는 독실한 천주교 신자였다. 성경에는 "고아와 과부를 불쌍히 여기라"는 말씀이 있다. 그는 그 말씀을 삶으로 실천하듯 조용히 청혼했다. 두 사람은 소박한 신혼을 시작했다. 그러나 그 삶은 세속적인 기준에서 볼 때 늘 불안정했고, 현실 위에 단단히 발을 딛지 못한 채 부유하는 듯했다.

그의 하루는 늘 단조롭게 흘렀다. 아침이면 책상을 펴고, 그 위에 원고지와 몽블랑 만년필을 가지런히 올려놓았다. 잉크를 갈고, 빈 원고지를 한 장 한 장 넘기며 오전을 보냈다.

그러나 글은 한 줄도 쓰이지 않았다. 아침이면 파지만 수북이 쌓여있었을 것이다.

사람들은 그를 이해하지 못했다. 직장을 가지지도, 눈에 보이는 성취를 이루지도 못한 채, 그저 책상에만 앉아 있는 모습이 답답해 보였을 것이다. 하지만 그는 이해받으려 하지 않았다. 그저 묵묵히 자기 하루를 견디고 있었을 뿐이었다.

무엇보다 그의 곁에는 묵묵히 일하는 이모가 있었다. 그녀는 쉬지 않고 일했다. 외벌이로 그리 넉넉한 살림은 아니었지만, 집안은 언제나 말끔했고, 따뜻한 온기가 돌았다. 어쩌면 이모는 그 집의 숨은 기둥이었다. 그를 감싸 안은 건 이모의 조용한 희생이었고 그 희생이야말로 한 가정을 끝내 무너지지 않게 한 힘이었는지도 모른다.

세월이 흐르자 그의 책상 위엔 쓸모없는 원고지가 산처럼 쌓여갔다. 그러나 아무도 함부로 운운하지 못했다. 그는 아버지라는 이름으로 조용히 집안을 지켜주었으니까.

어느 날, 그가 나에게 말했다.

"내 담뱃값을 아껴서 너 책 사줄게."

그 말이 이상할 만큼 가슴을 저렸다. 아마도 그에게 담배란 단순한 기호품이 아니었을 것이다. 긴 하루를 버티게 하는 작은 의식, 묵묵한 친구, 세상과의 마지막 연결 같은 것이었을지도 모른다. 그런 소중한 것을 아껴 내게 책을 사주겠다는 말은, 그가 할 수 있는 최선의 사랑이었다.

나는 문학을 좋아하는 소녀였다. 그의 책상 위 빈 원고지가 늘 궁금했다. 그 종이들엔 세상에 나오지 못한 이야기들이 잔뜩 갇혀 있는 것처럼 보였다. 그래서 어느 날 용기를 내어 물었다.

"이모부, 왜 글을 안 쓰세요?"

그는 잠시 하늘을 올려다보다가 내 쪽을 바라보며 슬프게 웃었다.

"나는 말이야 … 할 말이 아주 많아. 그런데 … 할 수가 없어."

그의 얼굴에 그늘이 드리워졌다. 이어 그는 조용히 지난 이야기를 꺼냈다.

일본 유학 시절 사랑했던 여인이 있었다고 했다. 한국에서 온 규수였고, 둘은 결혼을 약속했다고 했다. 부모님의 허락을 받으러 귀국하던 길에 그만 사고를 당했다. 병상에 누운 그는 편지를 수없이 보냈으나 답은 오지 않았다. 사랑은 그렇게 한순간에 끝나버렸다.

그는 마지막으로 내게 당부하듯 말했다.

"이 말은 아무한테도 하면 안 된다. 우리 애들이 알면 속상할 테지. 네 이모한테도 … 알지?"

그의 목소리는 바람이 스치는 듯 낮았다.

"나는 할 말이 많았어. 하지만 쓰지 못했지. 말로 내뱉는 순간 사라져버릴 것 같았거든. 아침마다 원고지를 들여다보며 마음속으로는 수없이 이야기했어. 하지만 끝내 적지 않았어. 쓴다고 한들 …"

그의 말은 마치 먼 길 끝에 서 있는 사람의 낮은 한숨 같았다. 어쩌면 말해지지 않은 이야기들은 그렇게 종이 위를 맴돌다 날개를 접고 가라앉았을 것이다.

키위 새는 날개 없이도 산다. 그 균형의 비밀을 우리는 알 수 없다. 그저 '키위, 키위'하고 애절하게 울기에 그렇게 부를 뿐이다.

어쩌면 그 날개는 몸 안으로 접어 넣은 슬픔이 아니라, 몸 안 깊은 기도의 형태로 남은 것일지도 모른다. 그의 숨결도, 그의 기도도 그렇게 접혀 있었을 것이다.

그의 날개도 그랬을 것이다. 사랑이었고, 신앙이었고, 외로움이었을 것이다.

키위 새는 밤의 숲속을 천천히 걷는다. 날지 못하지만, 부리를 땅에 대고 먹이를 찾으며 한 발 한 발 삶을 이어간다. 그 조용한 발소리는 소리 없이 세상을 건너는 방식이다. 나는 이모부가 앉아 있던 방 한쪽, 그 긴 정적을 떠올린다. 그는 날지 못하는 새처럼, 그러나 포기하지 않고 하루하루를 디디고 있었다. 세상은 그를 이해하지 못했지만, 그는 자기만의 방법으로 삶을 버텨냈다.

날개란 꼭 하늘을 나는 데만 쓰이는 것이 아니다. 어떤 이는 그 날개로 제 마음을 감싸며 버텨낸다. 상처를 덮기 위해, 사랑을 품기 위해, 더는 날 수 없음을 받아들이기 위해 날개를 몸 안으로 접어 넣는다.

그런 이들은 겉으로 보기에 종종 새처럼 보이지 않을 수도 있다. 그러나 그 안에는 여전히 날아오르고 싶은 마음, 세상을 사랑했던 흔적, 그리고 깊은 신앙 같은 것이 조용히 살아있다.

우리는 누구도 대상의 깊이를 좀체 알려고 하지 않는다. 한 사람을 이해한다는 건, 어쩌면 아무것도 이해하지 못한 채 자기만의 상상을 덧칠하는 일인지도 모른다. 나는 그의 슬픔을 이해하려 했던 스스로가 부끄러웠다. 마치 키위 새를 보며 '날개도 없이 어떻게 살까?' 하고 안타까워하던 어린 시절의 나처럼.

삶은 때로 날개를 잃고도 살아가야 하는 긴 여정이다. 누군가는 하늘을 날며 자신을 증명하지만, 또 다른 누군가는 날개를 접어 몸 안 깊숙이 숨기고 묵묵히 걸어간다. 그는 날지 못했지만, 절대 추락하지도 않았다. 세상에 들리지 않는 방식으로, 그러나 온 힘을 다해 살아냈다.

나는 이제 안다. 누군가의 침묵은 부러진 것이 아니라 다르게 뻗은 날개일 수 있다는 것을.

    그가 남긴 빈 원고지 더미는 실패의 증거가 아니라, 세상에 내어놓지 않은 수많은 이야기의 무게였음을. 그리고 그 속에 담긴 슬픔과 사랑은, 날개 없는 새를 오랫동안 지탱해 준 힘이었음을.

    그의 책상 위에 놓인 빈 종이들을 떠올리면 아직도 마음이 저린다. 세상은 그를 실패한 사람으로 보았을지 모른다. 하지만 나에게 그는, 삶을 끝까지 버티어 낸 조용한 영혼이었다.

    하늘을 날지 못하는 새가 더러 있다. 하지만 그 새는 자신이 가진 것만으로도 한 생을 다 걸어간다. 우리 눈에는 결핍처럼 보이는 그 삶에도, 이루 말로 다 할 수 없는 아름다움과 존엄이 깃들여 있을 것이다.

    날 수 없다고 해서 새가 아닌 것은 아니다. 그리고 날개를 감추었다고 해서, 그 빛이 사라지는 건 아니다. 다만, 세상이 알아채지 못할 뿐이다.

13
스프링벅(Springbuck)

그들은 뛴다. 정처 없이, 그저 앞만 보고 달린다. 왜 달리는지도 모른 채 숨을 몰아쉬며 뛴다. 마치 뒤를 돌아보는 순간 무언가에 잡힐 것처럼, 옆을 보는 순간 균형을 잃을 것처럼, 앞만 보고 달린다.

아프리카의 넓은 초원에는 스프링벅(Springbuck)이라는 영양과의 동물이 산다. 사슴을 닮아 가녀린 다리를 가진 이들은 무리를 이루어 살아간다. 그런데 이들의 행동은 때로 어리석고, 때로 처연하다. 무리 중 한 녀석이 어떤 소리에 놀라 뛰기 시작하면, 이유도 모른 채 온 무리가 뒤따라 뛴다. 정해진 방향 따위는 없다. 그저 처음 뛰어오른 녀석이 달리는 대로 함께 달려간다. 옆을 돌아보지도, 뒤를 확인하지도 않는다. 고개를 꺾은 채 앞만 보고 달린다.

문제는, 그 처음 뛴 녀석이 낭떠러지를 향해 가고 있을 때다. 앞장선 녀석이 추락하면, 뒤따르던 무리도 줄줄이 뛰어내린다. 살아남는 건 오히려 병들어 뒤처진 몇몇뿐이다. 다리를 다쳤거나, 체력이 약해 달릴 수 없었던 이들이 뜻밖에 목숨을 건진다. 그 약한 생존자들이 다시 번식하고 새로운 무리를 이루어 살아간다.

나는 요즘, 이 스프링벅을 자주 떠올린다.

며칠 전, 조카가 한숨을 쉬며 찾아왔다.

"이모, 큰일 났어요."

무슨 일인가 했더니 며칠 후면, 남자친구와 만난 지 삼백일 되는 날이란다. 게다가 곧 발렌타인데이, 뒤이어 그의 생일, 다음엔 화이트데이라나. 한 달 월급으로도 감당이 안 된다며 얼굴에 근심이 가득했다.

그때만 해도 나는 대수롭지 않게 들었다. 그러나 그 뒤로 조카의 '행사'들은 점점 거대해졌다. 어느 날, 조카 손에는 거대한 꽃바구니가 들려있었다. 붉고 탐스러운 장미 백 송이가 가득한 바구니였다. 남자친구와 만난 지 백일 되는 날이라며 회사로 케이크와 꽃이 배달되었다고 한다. 그리고 나를 바라보며 "이모도 선물 하나 해줘요."라며 해맑게 웃었다.

"네 결혼 백 주년이 되면 생각해 볼게."

나는 가볍게 잘라 말했지만, 그 아이는 전혀 상처받지 않은 얼굴이었다. 백일이 지나자, 이백일에도 장미 이백 송이가 도착했다. 이제 삼백일이 되면 무엇이 올지 부쩍 궁금해졌다.

11월 11일, '빼빼로 데이'라는 이름으로 과자 상자가 배달

된 날도 있었다. 하얀 원통 상자 안에 길쭉한 막대 과자가 빨갛고 노랗게 색을 입고 천백십일 개나 빼곡히 꽂혀 있었다. 이름하여 빼빼로 데이. 11월 11일이니까 막대 모양이 날씬하다고. 아이들은 별것도 다 기념한다. 그러나 그 과자는 맛이 없어서 아무도 먹지 않았다.

발렌타인데이가 가까워지자 조카는 며칠 전부터 초콜릿 준비에 몰두했다. 마치 중요한 의식을 치르듯 예쁜 상자와 리본을 고르고, 색색의 포장지를 펼쳐 놓았다. 작은 초콜릿 하나하나를 다른 색으로 곱게 싸고 리본을 묶는 부스럭거림이 집안을 채웠다. 보다 못해 내가 옆에서 거들며 몇 개를 맛보았다.

"꼭 이렇게까지 해야 하니?"

내가 물었지만, 조카는 잠시도 손을 멈추지 않은 채, 어이없다는 듯 나를 쳐다보았다. "이모, 요즘은 다 그래요. 남자친구 것도, 회사 동료 것도, 심지어 팀장님 것도 정성껏 준비해야 해요. 그냥 사서 주면 성의 없다는 소리 들어요."

그 말을 듣고 나는 그만, 할 말을 잃었다. 사랑을 표현하는 날이라던 발렌타인데이는 어느새 '정성'을 소비하는 날이 되어 있었다. 진심을 담기보다, 남들이 하는 만큼 혹은 그 이상을 해야 뒤처지지 않는 선물. 세상은 그저 '멋진 패키지'와 '인증샷'으로 사랑을 측정하고 있었다.

바람의 서곡

발렌타인데이 아침, 서울의 거리가 초콜릿으로 뒤덮였을 것이다. 여동생에게서 전화가 걸려왔다.

"언니, 백화점 문 열었을까? 큰일 났어. 애들이 울고불고 난리야. 학교에 가져갈 초콜릿 사달라는데, 한두 개가 아니라 담임선생님, 학원 선생님, 친구들 것까지 수십 개가 필요하다네."

그것도 흔한 초콜릿이 아니었다. 꼭 백화점에서 파는 반짝이는 포장과 세련된 리본이 달린 고급 제품이어야 했다. 친구들 사이에서 지지 않으려는 마음이 아이들을 몰아세우고, 부모들은 그 성화에 못 이겨 새벽부터 백화점을 헤맸다. 값비싼 포장지가 사랑과 우정의 무게를 대신 재고 있었다.

나는 다시 스프링벅을 떠올렸다. 누군가 장난처럼 시작한 기념일이 이제 사회 전체를 휘감았다. 아이들은 친구가 하니 따라 하고, 어른들은 자식에게 뒤처지지 않게 하려 뒤따른다. 모두가 앞만 보고 뛴다. 누구도 "왜 이렇게 해야 하는가?"를 묻지 못한 채, 낭떠러지를 향해 질주하는 것처럼.

발렌타인데이의 본래 의미는 이미 사라졌다. 사랑의 진정성은 증발했다. 그 자리를 대신한 것은 값비싼 선물과 사진 속의 과시다. 식당 아주머니가 웃으며 건네는 초콜릿 한 조각이 문득 나를 슬프게 했다. 그것은 사랑의 상징이 아니라 이제 '국민 행사'가 되어버렸다. 전국적으로 초콜릿을 먹는 날.

상품이 오가고, 마음은 사라졌다. 수줍음도, 다정함도, 비밀스러움도 어디로 갔을까.

아이들은 이제 자기만의 속도로 걸을 줄 모른다. 정신은 공황 상태다. 무엇이 중요한지 묻지 않는다. 그저 달린다.

내 조카와 그의 남자친구를 보라. 커플룩을 입고, 커플링을 끼고, 루이뷔통인지 누런 똥인지 하는 가방을 똑같이 걸치고, 같은 핸드폰을 손에 쥐고 거리를 활보한다. 명품이라야 대접받을 수 있다고 말하며, 가진 돈을 다 쏟아붓는다. 백화점에는 '명품관'이 따로 있다. 이제 사람보다 물건이 귀하다. 사랑보다 초콜릿이 더 귀하다.

이들은 스스로를 N세대라 부른다. 나는 그 단어를 가만히 적어 본다.

New. 금세 싫증을 느끼고 늘 새로운 것을 찾는다. 공허하기 때문이다.

Now. 지금, 바로 지금이 아니면 안 된다. 마음이 조급해 늘 쫓긴다.

Net. 가상공간에서 산다. 가정과 학교가 대화를 잃어버렸기 때문이다.

Never. '절대 아니다'라며 부정한다. 사람 사이의 신뢰를 배울 기회가 부족했기 때문이다.

Nothing. 결국 허무를 외친다. 삶의 목적도 목표도 없이 방

황한다. 그래서 하찮은 것에 매달리고, 스프링벅처럼 달린다.

그들은 오늘도 황무지 같은 냄새를 풍기며 달려간다.

나는 조카에게 말했다.

"제발 뛰기만 하지 말아라. 가끔은 천천히 걸어라. 걸으며 하늘도 올려다보고, 들꽃도 한 번 바라보고, 옆 친구가 힘들면 부축도 해주고, 그렇게 가거라. 몸이 약해 뒤처지는 스프링벅이라도 좋다. 그래야 살아남을 수 있다."

그러나 이미 너무 멀리 달려가 버렸다. 내 목소리는 그녀에게 닿지 않았다.

지난 내 생일에 조카가 보내온 카드에는 이렇게 적혀 있었다.

"이모, 진심 만땅. 생신 추카드려용, 히히."

나는 카드 한 장을 오래 들여다보다가 한숨을 내쉬었다. 짧고 장난스러운 글씨가 귀엽기도 했지만, 마음 한쪽이 서늘해졌다. 언젠가는 말이 가벼운 웃음과 편리함에 갇혀 버리고, 한글의 결이 부서지고, 그 안에 담기던 온기와 숨결이 사라져 버릴지도 모른다는 불길한 예감이 스쳤다. 누군가의 마음을 알아볼 수 없는 시대가 오는 건 아닐까. 서로의 따뜻한 숨이 말 위에서 흩어져 버리는 세상은 얼마나 황량할까.

저들을 잡아주세요.

저 불꽃 같은 젊음이, 온기를 잃어가는 것들이 무작정 앞만 보고 뛰다가 낭떠러지로 떨어지기 전에. 누군가 그들의 팔을 붙잡아 주기를. 잠깐이라도 멈춰 서서 하늘을 올려다보게 하고, 발아래 작은 꽃과 친구의 눈빛을 불 수 있기를. 진정 사랑이 무엇인지, 삶이 얼마나 깊은지, 느끼게 해주길.

누군가가 그들의 곁을 지키며 속삭여 주었으면 한다.

"조금은 천천히 걸어도 괜찮다. 멈춘다고 해서 실패가 아니고, 늦는다고 해서 다 잃는 것은 아니다. 느림 속에서만 볼 수 있는 빛과 온기가 있다."라고.

그때에야 비로소 우리는 스프링벅이 아니게 될 것이다.

우리가 자신의 발걸음을 조절할 줄 알게 될 때, 맹목적 질주가 아닌 사유와 온기가 살아 있는 걸음으로 나아갈 때, 이 시대의 젊음은 낭떠러지 앞에서 서로를 지켜 세울 수 있을 것이다. 그리고 그때, 진정한 사랑과 신뢰와 삶의 의미가 다시 우리의 언어와 마음을 채우게 될 것이다.

14
나르시시스트

 그는 나르시시스트였다. 내가 알기론 그랬다. 처음부터 단정한 건 아니었다. 첫인상은 낯설지만 묘하게 매혹적이었다. 얼굴도 이름도 모르는 온라인 공간에서 만난 사람이었지만 그의 글은 유난히 빛났다. 그러나 시간이 지날수록 그의 세계는 자기 자신으로만 가득 찼고, 나는 서서히 그 안에 갇혀 들어갔다. 그때는 그것이 함정인지 깨닫지 못했다. 사람은 스며드는 감정에 쉽게 눈이 멀기 때문이다.
 나는 소녀 시절부터 시인이 되고 싶었다. 시인이라는 말은 쓸쓸하면서도 찬란했다. 누군가를 위로하고 내 마음을 담아내고 싶어 단어를 새겼지만, 정작 제대로 된 시를 쓰진 못했다. 문학 잡지에 투고한 적도 없었다. 그저 시를 읽고 밑줄 긋고 밤마다 따라 적으며, 언젠가 누군가의 마음을 흔들 문장을 쓰길 꿈꿀 뿐이었다.
 어느 봄날, 무심히 인터넷을 뒤지다 '시들의 싸움'이라는 문구를 발견했다. 도발적이고 묘하게 호기심을 끌었다. 나는 망설임 없이 그 온라인 밴드에 가입했고, 곧 그곳은 내 하루의 중심이 되었다. 익명의 바다에 시가 넘실거렸고, 나는 매일 밤 다른 이의 시를 읽으며 언젠가 나도 저만큼 쓸 수 있길 바랐다.

그곳에서 '시인의 아들'이라는 닉네임을 가진 사람을 처음 알게 되었다. 그의 시는 다른 이들과 달랐다. 감각적이면서도 어딘가 도발적이었고, 하루에도 몇 편씩 쉼 없이 올라왔다. 시가 올라오는 시간마다 알림이 울렸고, 나는 어느새 그의 글을 기다리게 되었다. 다른 사람들의 시는 스쳐도 그의 글은 끝까지 읽었다. 그가 다루는 주제는 사랑, 상실, 존재의 허무와 같은 것이었지만 표현은 과감했고 문장은 날카로웠다. "오늘도 나는 나를 잃어버렸다." 같은 문장이 유난히 오래 남았다. 그렇게 몇 달이 흘렀다.

어느 날, 내가 베껴 올린 김춘수의 시 아래 그의 난해한 댓글이 달렸다. 처음엔 대수롭지 않게 넘겼지만, 그 후로 그는 내 글마다 "이 구절, 당신이 쓴 건가요?", "이 문장은 너무 외롭습니다. 그래서 좋아요." 같은 말을 남겼다. 하루에도 몇 번씩 이어지던 댓글은 결국 메일로 이어졌고, 처음엔 짧던 그의 편지는 점점 길어져 내 마음을 휘감기 시작했다.

그는 마치 나를 이미 알고 있는 듯 내 마음을 꿰뚫어 보는 말을 했다. "님의 글에는 묘한 그림자가 있어요. 그게 좋아요." "이 문장을 읽고 먹먹했어요." 그런 문장들이 내 메일함을 채워 갔다. 그는 내 일상과 감정 하나하나에 반응했고, 그의 말은 서서히 달콤해졌다. 나는 그 달콤함을 경계해야 한다는 걸 알면서도, 이미 조금씩 마음을 열고 있었다.

나는 결국 그의 메일에 답장을 보냈다. 처음엔 "어디서 이렇게 많은 시를 가져오세요?" "오늘 날씨가 참 흐리네요." 정도였다. 그러나 그는 그 짧은 대화를 연인에게 구애하듯 부풀렸다. "당신의 한 문장이 내 하루를 바꿨어요." "우리가 지금 같은 하늘을 보고 있을까요?" 처음엔 부담스러웠지만 그의 말솜씨와 끈질김에 나는 서서히 물들었다. 그의 시를 읽으며 혼자 설렐 때도 있었고, 우리의 편지는 새벽에도, 출근길에도 끝없이 이어졌다. 나는 보이지 않는 그를 그리워하기까지 했다.

그러나 이상한 기운은 서서히 스며들었다. 어느 날부터 그의 시가 모두 '안녕'이라는 단어로 도배되기 시작했다. 나는 이유를 알 수 없는 불안을 느꼈다. 게다가 그가 했던 약속이 있었다. 서로 책을 한 권씩 교환하자고 했던 것과 유월쯤 만나자던 약속. 나는 그날을 기다리고 있었다. 그러나 그의 태도는 서서히 변해갔다. 답장이 늦어지고, 메일 속의 말은 계속 몸을 바꿨다. 며칠씩 소식이 없을 때도 생겼다. 급기야 그는 현재는 미국이라는 둥, 공항 사진을 여러 장 겹쳐 보내기도 했다.

나는 미리 짐작했다. 우리 관계를 현실의 친구로만 두자고 메일을 보냈다. 그에게서 돌아온 답장은 대놓고 삿대질하듯 거칠었다.

"헐? 왜 그러느냐."

"그것도 갑자기? 왜 선을 긋고 난리냐?"

"그럼 나는 이 밴드를 계속할 이유가 없다."

"탈퇴하겠다."

그는 연속으로 메일을 보내며 감정을 폭발시켰다. 때로는 설득했고, 때로는 서운함을 앞세워 협박하듯 굴었다. "나를 밀어내면 나는 아무것도 남지 않는다." "네가 내게 이렇게까지 할 줄 몰랐다."라는 둥. 그런 말들이 줄기차게 이어졌다. 그는 내가 굴복할 때까지 멈추지 않았다. 그의 메시지는 애원과 분노 사이를 오갔고, 나는 점점 지쳐갔다.

결국 나는 지고 말았다. 우리는 아침 아홉 시부터 저녁 여덟 시까지 끝없이 메일을 주고받았다. 그러나 그 격렬한 감정의 소용돌이 뒤에, 갑작스러운 고요가 찾아왔다. 그는 여전히 시를 올렸고, 나는 그 시를 보며 점점 피로해졌다. 마침내 나는 견디지 못하고 밴드를 탈퇴했다.

그러자 그는 다시 메일을 보냈다. "왜 그러냐, 무슨 일이 있느냐, 다시 돌아오라." "내가 뭘 잘못했는지 말해 달라." 나는 지쳤다고 했다. 더는 시를 보고 싶지 않다고 했다. 그리고 마지막으로 그에게 말했다.

  '당신은 약속을 어겼으므로 거짓말쟁이다.; 내가 한 그 말에 그는 적잖이 충격을 받은 듯했다. 한참 후, 그는 다시 만나자고 했다. 나는 거절했다.' '이제 와 만난들 무슨 의미가 있겠느냐.' 그러나 그의 설득은 집요했다. '마지막으로 얼굴을 보고 싶다.' '이대로 끝내고 싶지 않다.' 끝내 나는 못 이긴 척 약속 자리에 나갔다.

  여름의 한가운데였다. 그는 먼저 와 있었다. 나는 그를 보자 순간적으로 멈칫했다. 그동안 상상했던 모습과는 전혀 달랐다. 작은 키에 단단한 체격, 짙은 눈썹과 검은 테 안경. 얼굴은 지금 선명히 기억나지 않지만, 그 안경만은 유독 또렷하다. 그는 말없이 일어나 커피를 주문하러 갔다. 나는 낯선 남자의 뒷모습을 하염없이 바라보았다. 이상하게도 긴장이 풀렸다. 우리는 웃으며 커피를 마셨고, 여러 이야기를 나눴다.

  그는 내 소소한 한 줄까지도 크게 칭찬했다. "지난번 그 문장은 정말 시답다. 나도 그렇게 쓰고 싶다." 그의 말은 어딘가 부풀려져 있었다. 이어 그는 자신의 이야기를 꺼냈다. 아버지가 등단한 시인이라 했고, 그를 질투했다고도 했다. 젊은 시절 시가 연달아 탈락하자 어느 날 편집부에 전화를 걸어 "도대체 어떤 기준으로 작품을 뽑는 겁니까? 이름 있는 사람만 읽히는 것 아닙니까?" 하고 따졌다고 했다. 돌아온 건 형식적

격려와 모호한 평가뿐이었다며, 그때부터 문단의 공정성을 믿지 않게 되었다고 씁쓸히 말했다.

또 사춘기 시절 학교를 거부하고 일본에 있는 이모 집으로 건너가 네 해를 지냈다고도 했다. 그의 삶은 마치 미완성의 시처럼 어딘가 모르게 불안정해 보였다.

세 시간 남짓 이야기를 나눈 뒤 우리는 헤어졌다.

태양의 열기가 한풀 꺾일 저녁 무렵, 집으로 돌아오는 길에 나는 번쩍 깨달았다. 그는 거절당하는 것을 견디지 못하는 사람이었다는 것을. 끝까지 자기 뜻을 관철해야만 안심하는 사람. 자의식이 지나치게 부풀어 있는 사람. 다른 사람의 마음을 섬세하게 느끼고 싶어 하지만, 정작 그 중심에는 자기 자신만이 존재하는 사람이었다.

그 이후 나는 그를 마음속으로 나르시시스트라 불렀다. 나중에 다른 회원을 통해 들은 소식에 따르면 그는 나에게 했던 방식 그대로 또 다른 누군가에게 접근하고 있다고 했다. 나는 그를 비난하고 싶지는 않았다. 다만 한 가지 깨달았다. 사람은 진실해야 한다는 것. 특히 시를 쓰는 사람이라면 자신에게만큼은 거짓말을 해서는 안 된다는 것.

가면을 쓰고 살아가는 사람은 정작 자신의 가면을 인식하지 못한다. 그는 그렇게 살고 있었다. 말 한마디의 진실이 무엇인지 모른 채, 그때그때의 편의와 감정에 따라 자신의 말과 행동을 뒤집었다. 어제 한 말을 오늘 부정하는 사람. 그 모습은 소름 끼칠 정도였다. 건망증처럼 보일 수도 있겠지만, 아마도 자기 자신만을 믿는 사람의 모습이었을 것이다.

   나는 아직도 시를 쓴다. 그리고 여전히 진실을 믿는다. 그를 통해 알았다. 사람은, 특히 시를 쓰는 사람은, 세상에 거짓을 말할지라도 자기 자신에게만큼은 거짓을 말해서는 안 된다는 것을. 시는 결국 자신을 비추는 거울이기에, 거짓으로 덮으면 언젠가 그 거울은 자신을 먼저 속인다. 나는 오늘도 그 믿음을 잃지 않기 위해 천천히, 그러나 정직하게 시를 쓴다.

15
아버지의 이름

나는 아직도 '아버지'라는 이름을 온전히 내 가슴에 담지 못했다. 어린 시절 그 이름은 너무도 거대하고, 멀리 있는 산처럼 느껴졌다. 그러나 세월이 흘러도 지워지지 않는 아버지의 잔상이 있다. 그 잔상은 따뜻함과 엄격함이 공존하는 빛깔로 내 마음을 물들인다.

아버지는 젊은 날 일찍 월남하셨다. 홀로 타향에 몸을 던져 광복군에 들어가 독립운동을 하셨고, 연희전문을 졸업하셨다. 그 길이 얼마나 춥고 외로웠을까. 아버지는 종종 이야기해 주셨다.

"너희들은 모를 거다. 너무 추운 겨울, 담요 안에 30촉짜리 알전구를 하나만 켜 놓고 그 열기 하나로 공부하던 시절이 있었다."

나는 어린 마음에도 전구 하나의 온기와 빛만으로 추위를 버티던 아버지의 청춘을 상상하기 어려웠다. 그 고독과 결기는 아이였던 내가 도저히 이해할 수 없는 것이었다.

아버지는 오랫동안 관직에 계셨고, 사람들은 그를 '강직한 분'이라 불렀다. 그러나 내게 아버지는 권위보다 집안의 질서를 세우고 사람됨을 가르쳐 주던 가장이었다.

어릴 적 가장 선명한 기억은 아침 밥상머리에서 시작된다. 우리 형제 넷을 돌보던 식모 언니가 있었지만, 아버지는 그들을 결코 함부로 대하지 않으셨다. 명절이면 우리와 똑같이 설빔을 챙겨 주셨고, 택시를 불러 모두 함께 남산을 돌았다. 그리고 으레 중국집에 들러 따끈한 짜장면이나 잡채밥을 함께 먹었다.

어느 날 아침, 내가 무심코 '물'하고 언니를 바라보았을 때 아버지의 목소리가 불호령처럼 떨어졌다. "네가 떠다 먹어라. 그 정도는 스스로 해야지!" 그 단호한 한마디는 누군가를 부려서는 안 되며 사람을 차별하지 말아야 한다는 가르침으로 깊이 새겨졌다.

아버지는 늘 형편이 어렵거나 곤경에 처한 사람을 만나면 반드시 도와야 한다고 가르치셨다. 그 말씀은 우리 집의 가훈이자 내 삶의 이정표가 되었다.

중학교 시절, 그 가르침은 현실이 되었다. 집이 망해 갈 곳이 없다는 친구를 나는 망설임 없이 집으로 데려왔다. 그는 한 달간 우리 집에서 지내며 나와 같은 도시락과 차비를 받으며 학교에 다녔다.

아버지는 아무 말 없이 그 모습을 지켜보며 묵묵히 인정해 주셨다. 그 침묵 속에서 나는 어려운 이를 돕는 것이 삶의 당연한 태도임을 깊이 배웠다.

그때 아버지의 미소와 목소리는 아직도 내 안에서 살아 있다. 사람을 돕는다는 것이 거창한 일이 아님을, 그저 옆 사람의 손을 잡아주는 일일 수 있음을 그때 배웠다.

아버지는 집에서 일하던 언니들을 시집보낼 때 혼수와 혼례를 정성껏 챙겨 주셨고, 그들은 결혼 후에도 명절이면 우리 집을 찾아와 인사드렸다. 그것은 단순한 시혜가 아니라 한 사람의 삶을 존중하고 응원하는 마음이었다.

명절마다 아버지에게는 크고 값진 선물이 들어왔지만, 아버지는 언제나 과한 것은 돌려보내셨다.

아버지는 명절마다 들어오는 큰 선물들을 두고 늘 과하다고 하시며 사양하셨다. "이건 너무 과해서 받으면 안 된다."라는 말과 함께 선물은 언제나 되돌아갔다. 그 모습에서 나는 권력이나 지위를 탐하지 않는 절제와 품위를 배웠다. 아버지의 삶은 그러한 윤리로 빛났다.

그러나 세상은 강직한 사람에게만 미소 짓지 않았다. 생활이 곤궁해진 어느 날, 아버지는 나를 불러 어떤 집으로 심부름을 보내셨다. 김 모 의원에게 전해 달라며 편지 한 장을 건네주신 것이다. 나는 그 편지를 들고 의원의 집을 찾아갔고,

그가 편지를 읽는 순간 잠시 머뭇거리는 듯한 표정을 지었다.

그 안에는 아버지가 돈 오만 원을 꾸어달라고 적혀 있었다. 그러나 나는 빈손으로 돌아왔다. 내가 빈손으로 돌아왔을 때 아버지가 나를 바라보시던 그 눈빛을 지금도 잊을 수 없다. 아버지는 단지 씁쓸한 미소를 지었을 뿐 별말씀이 없었다.

나중에 엄마한테 슬쩍 들었던 얘기는 그 **의원이 몹시 어려운 처지였을 때 아버지가 큰 도움을 준 적이 있다고 넌지시 말했다. 어머니의 말에는 약간의 서운함이 묻어있었다.

그날 아버지는 얼마나 가족 앞에 면목이 없으셨을지 짐작할 뿐이다. 꼿꼿한 성품에 체면이 무너졌을 것이다. 아버지는 평생 청렴하게 사셨고, 그래서 우리 집은 넉넉하지 않았다. 그러나 나는 그 가난을 불만으로 느끼지 않았다. 아버지가 살아계실 때는 알지 못했다. 그분이 우리에게 준 그늘이 얼마나 따뜻했는지를.

내가 중학교 3학년이던 해, 아버지가 세상을 떠나자 집은 버팀목을 잃은 듯 한순간에 흔들렸다. 단단해 보이던 세상이 하루아침에 무너져 내렸다.

엄마는 홀로 남은 식솔들을 품어야 했다. 그 어깨가 얼마나 무거웠을까. 아버지의 부재 이후 엄마의 한숨은 날마다 깊어졌고, 나는 그 소리를 들을 때마다 어린 마음에도 숨이 막혔다.

열다섯 살의 나는 아직 아이였지만 세상은 나를 어른으로 불러세웠다. 용돈은 끊기고 뭐든 스스로 마련해야 했다. 동생들 앞에서는 울 수 없었고, 엄마 앞에서도 눈물을 삼켜야 했다. 학교에서도 말수가 줄고 도시락조차 밥맛이 없었다. '이제 우리 집은 누가 지켜줄까.' 그 질문이 마음속에서 무겁게 울렸다.

형제들은 모두 어렸고 서로를 위로할 줄도 몰랐다. 사소한 일로 다투곤 했지만 그 밑바탕엔 슬픔과 두려움이 있었다. 아버지가 계셨더라면 잠재워졌을 갈등들이 기둥을 잃은 집안에서 거칠게 터져 나왔다.

아버지가 남긴 것은 돈이 될 만한 것이 아니었다. 대신 집안 한쪽을 가득 메운 책장과 낡은 책상 하나가 전부였다. 벽을 채운 책들 사이로 아버지의 자리만 비어 있었고, 그 책상은 방 한켠을 지키고 있었다.

엄마는 그 책들을 좋아하지 않았다. "책만 들여다보는 답답한 사람."이라는 말엔 고단한 살림과 서러움이 배어 있었다. 청렴했던 아버지 때문에 형편은 늘 빠듯했고, 책은 엄마에게 아무 대답도 주지 않았다. 아버지가 늘 앉아 계시던 그 낡은 책상마저도 엄마는 보기 싫다고 했다.

그 책상은 아버지의 부재를 매일 떠올리게 하는 물건이었고, 그 위의 책들은 엄마의 지난 세월을 무겁게 안겨 주었을 것이다. 그러나 내게 그 책상은 아버지 그 자체였다. 연필 자국이 남은 탁자, 손때 묻은 책들, 굴러다니던 작은 만년필까지 모두 아버지를 떠올리게 했다.

나는 어린 마음에 그 책상을 껴안았다. 마치 나뭇결 속에 아직 아버지의 체온이 남아 있는 듯했다. 서랍에는 아버지의 필체가 적힌 메모지와 오래된 원고지가 있었고, 그 글씨를 한참 바라보다 결국 참아왔던 울음을 터뜨렸다.

엄마가 책상을 치우자고 할 때마다 나는 반항하듯 붙잡았다. 사실 떼를 쓴 것이 아니라, 그 책상이 사라지면 아버지가 세상에서 한 번 더 지워질 것만 같았기 때문이었다.

이미 너무 많은 것을 잃은 내게 그 책상은 마지막 남은 온기였다. 밤이면 몰래 그 앞에 앉아 아버지가 책을 읽던 모습을 흉내 내며 책장을 넘겼다. 내용은 이해하지 못했지만 그 순간마다 아버지의 온기가 전해지는 듯했다. 등잔불을 켜면 마치 아버지가 다시 곁에 앉아 있는 것 같았다.

그 빈 자리에서 나는 조금씩 아버지의 삶을 이해해 갔다. 청렴한 고집, 학문으로 세상을 건디려 한 고독한 열망, 엄마의 바람과는 다른 고고한 뜻. 그 책상과 서재는 결국 내게 남겨진 유일한 유산이었다. 돈은 아니지만 나를 지탱해 준 힘이었다.

세월이 흘러도 나는 여전히 '아버지'라는 두 글자를 다 품지 못한 채 살아간다. 그러나 내 안엔 분명 아버지가 있다. 곤경에 처한 이를 돕고 차별 없이 대하려 애쓰는 마음, 그것이 내 삶의 뿌리가 되었다. 아버지는 내 첫 스승이었고, 그분의 강직한 뒷모습과 너털웃음은 여전히 내 글 속에서 숨 쉬고 있다.

아버지를 떠올릴 때마다, 나는 그 시절 아침 밥상머리에 앉아 있던 작은 나를 본다.

물 한 잔을 부르짖던 그 아이, 그리고 단호한 목소리로 말하던 아버지.

"네가 스스로 할 수 있는 일은 네가 해라."

아버지의 그 음성을 다시 들을 수 있다면 얼마나 좋을까. 아버지는 오래전에 고인이 되셨지만, 내 안에서 여전히 살아 계신다. 그리고 나는 이제야 조금씩, 아주 천천히, 아버지라는 이름을 품어 가고 있다.

16
달뿌리풀

나는 시간만 나면 낙동강으로 달려갔다. 그리고 강변에 앉았다가 돌아오곤 했다. 강을 보면 온갖 시름이 사라지기 때문이었다.

주로 갈수기에 그곳을 찾아간 적이 많았다. 여름이 지나고 점점 강물이 줄어드는 시기에 그곳에 다다르면 도시에서 꽉 막혔던 시선이 한순간에 넓어졌다. 갈대가 드문드문 피어있는 강은 쓸쓸해 보였다. 그러나 그 쓸쓸함이 오히려 내 마음을 환기했다. 그곳에 앉아 한나절을 보낸다. 걷기도 하고, 옛일을 떠올려보기도 하고, 한 해 동안 살았던 나의 시간을 그곳에 던지고 돌아온다.

여름의 강은 젊은 날의 몸처럼 서두르고, 가을의 강은 한 생을 되돌아보는 노인의 숨결처럼 잔잔하다. 나는 가을의 강이 좋았다. 물결도 조용했고, 하늘을 품고 누워있는 강은 고향에 온 듯한 착각을 일으켰다. 여름의 풍성한 나뭇잎처럼 많은 일이 일어났다 사라지는 세상, 강물은 그것들을 오직 흘려

보낸다. 홍수에 떠밀려온 온갖 물건들, 농부의 땀과 아낙네의 한숨도 꿀꺽 삼키고 잠잠해진다.

저 앞에 풀의 군락이 보인다. 나는 그것들을 보기 좋아한다. 저것은 달뿌리풀의 군락이다. 그 우거진 풀숲을 향해 마음속으로 환호를 보냈다. 내 주위를 빙 둘러선 모습이 나의 든든한 방패처럼 느껴졌다.

달뿌리풀은 언제부터 저곳에 쌓여갔는지 알 수 없다. 홍수 때, 하도를 넘쳐흐르는 물의 유속을 잠재우며 모래와 함께 자연제방을 쌓는다. 강물이 조용히 침식과 범람, 퇴적을 반복하는 동안 그 자리에 남아 강을 지키는 풀이다. 학계에서는 그것을 개척자 식물이라 부른다. 누구도 알아보지 않지만, 먼저 뿌리 내리고 세상을 붙잡아 주는 생명이다.

나는 강물을 바라보며 생각한다.

"세상은 보이지 않는 곳에서도 서로를 촘촘히 붙잡고 서 있다."

인생의 가장 어두운 밤에도, 땅속의 뿌리처럼 조용히 나를 지탱하는 것들이 있다. 누군가 보이지 않는 뿌리가 세상을 붙잡는다고 하지 않았나. 삶을 살게 하는 힘은 언제나 눈에 띄지 않는 자리에서 자랄지도 모를 일이다.

한때, 내 삶이 혹독한 세상에 휘청거린 적이 있었다. 죽을 만큼 어려웠던 그 시기에 당장 기한을 훌쩍 넘긴 거처에서 이

사부터 가야 했지만, 당장 갈 곳이 없었다. 초조하게 밤을 지새우던 어느 날, 아는 사람이 나를 찾아왔다. 별로 가깝지도 않은 그가 "주차장 한번 해보지 않겠냐"라고 넌지시 권했다. 그 말을 듣는 순간, 나는 더 마다할 이유가 전혀 없었다.

"무조건, 할게요."라고 황급히 대답했다. 무엇보다 주차장에 딸린 집이 있다고 했다. 오래돼 도시가스도 없다고 했다. 그러나 나는 무조건 좋다고 했다. 잠을 잘 수만 있다면 좋았다. 그쪽은 말했다. "다른 건 필요 없고, 주차비 수입의 반만 주세요." 그 순간 나는 울고 싶었다. 살아갈 수 있다는 희미한 빛이 내 안으로 들어왔다.

그제야 알았다. 세상에는 달뿌리풀 같은 사람들이 있다. 이름도 빛도 없이, 보이지 않는 손길로 나를 살게 해 주는 사람들. 기다리면 그들은 반드시 나타난다. 하늘이 스스로 돕는 자를 돕는다는 말은 때로 사람을 통해, 때로 자연을 통해 실현된다. 나도 자연의 일부임은 틀림없는 사실이니까.

어릴 적 나는 아버지 손을 잡고 집 근처 논둑길을 걸었다. 홍수가 할퀴고 간 뒤였고, 들판은 온통 흙투성이였다. 그때 아버지가 가르친 곳. 아버지는 담담한 목소리로 내게 말했다.

"저기 봐라. 저 풀들이 없으면 둑이고 뭐고 모조리 쓸려갔을 거란다."

나는 고개를 갸웃했다. 보기에는 그 풀들이 너무 여리고 흔해 보였으니까.

 며칠 뒤 다시 찾은 들판은 흙탕물이 어느 정도 씻기어 나갔고 시골 들판 본연의 모습을 드러내고 있었다. 아버지가 가리켰던 손끝엔 달뿌리풀이 진흙 속에서 얼굴을 반쯤 들고 있었다. 아버지가 그때 또 다른 말을 내게 말했다.

 "사람도 저럴 수 있으면 좋겠다. 약해 보여도 제 자리를 잘 지키는 힘이 있다면…"

 그때는 어려서 아버지의 그 말을 잘 알아듣지 못했다. 세월이 흐르고 내가 절망 속에서 빠졌을 때, 그때 잠시 비쳤던 달뿌리풀 무더기가 되살아올 줄은.

 인생은 때로 황량한 강바닥 같다. 물이 빠져나가면 생이 드러내는 밑바닥은 쓸쓸하고 불안하다. 갈라진 진흙 위로 발을 디디면, 마른 흙이 부서져 먼지처럼 흩날린다. 길을 잃은 듯한 마음이 그 위를 서성인다. 그러나 거기서도 달뿌리풀은 자라난다. 거친 바람과 메마른 흙을 뚫고 뿌리를 내리며, 아무도 보지 않는 자리에서 조용히 푸른 기운을 퍼뜨린다. 자연은 그렇게 서서히, 그러나 반드시 우리를 돕는다. 무너질 것만 같은 땅 위에도 생명은 어김없이 스며든다.

 죽을 만큼 어려운 시절을 지나며 나는 배웠다. 참고 기다리는 것은 패배가 아니라 생존의 기술이라는 것을. 허무와 공포가 뒤섞인 날들을 넘기며 알았다. 인내는 단순히 견디는 것이 아니라, 다음 계절을 위해 뿌리를 깊이 내리는 일이라는 것을 알았다. 강물이 다시 불어오면, 한때 쓸쓸했던 강변도 생명의 기운으로 가득 찬다. 메마른 땅이 다시 젖어 들고, 잿빛이던 풍경에 서서히 초록이 깃든다. 세상은 결코 혼자 견디라고 우리를 내버려 두지 않는다. 어느새 우리의 곁에는 바람을 막아주고, 물살을 부드럽게 풀어내는 누군가가 있다.

달뿌리풀은 말이 없다. 그저 자란 땅을 붙잡고, 흙을 지켜내며, 물살을 잠재운다. 큰 소리로 자신의 존재를 알리지 않는다. 그러나 그 고요함이야말로 힘이다. 세찬 물결이 닥쳐도, 보이지 않는 뿌리가 땅을 꽉 움켜쥐고 있기에 쉬이 휩쓸려가지 않는다. 그것이 바로 생의 방패요, 버팀목이다.

사람의 마음도 그렇다. 누군가는 눈에 보이지 않게 우리를 지탱해 준다. 그들은 이름 없이, 때로는 자신이 힘이 되고 있다는 사실조차 모른 채 우리를 붙잡아 준다. 우리 또한 언젠가 누군가의 달뿌리풀이 될 수 있다. 화려하진 않지만, 세상을 무너지지 않게 서로를 가만히 붙잡아 주는 힘이 되어준다. 기꺼이. 그것은 영광이나 박수를 바라지 않는 힘이다. 다 함께 살아가기 위한, 가장 인간적인 사랑의 방식이다.

나는 강가를 돌아보며 생각에 잠긴다. 내 삶도 누군가의 제방이 되기를. 보이지 않는 자리에서, 이름 없이도, 조용히. 그렇게 한 사람의 마음을 붙잡아 줄 수 있다면, 그것으로 충분

할지도 모른다.

　강은 모든 것을 흘려보낸다. 그러나 뿌리는 그 자리를 떠나지 않는다. 폭우와 갈증, 세월의 침식에도 끝까지 버티며 세상을 지켜낸다. 그 무언의 힘이 흐름을 조절하고, 삶을 붙들어 준다. 그리고 언젠가, 우리도 누군가의 강둑이 되어줄 수 있음을. 그 소박한 바람을 가슴 깊이 새기며, 나는 내가 가야 할 길을 향해 묵묵히 걸어간다. 비록 세상이 우리 이름을 부르지 않아도, 발밑에서 이어지는 뿌리의 힘처럼 누군가의 삶을 지켜내는 존재가 되기 위해.

17
조바심(弔波心)

 가을이다. 가을 하면 이삭이 생각난다. 가느다란 줄기에 수많은 곡식알을 매달고 고개를 숙이고 서 있는 이삭들. 나는 그 풍경에서 겸손을 배운다. 바람에 흔들리면서도 몸을 낮추는 것, 그만큼 영글었다는 증거일 것이다. 그중에서도 나는 유난히 조 이삭을 보기 좋아한다. 벼나 보리처럼 풍성하지도 않고 밀처럼 곧게 서 있지도 않다. 그러나 그 가느다란 줄기마다 작은 황금빛 알갱이를 매달고 있는 모습이 어쩐지 다정하다.
 언젠가 시골 들판을 걸어갈 때였다. 저만치서 아낙들이 무언가 열심히 하고 있었다. 가까이 다가가 보니 조를 베어 와 조를 털고 있었다. 햇살에 반짝이는 곡식 냄새, 도리깨가 바람을 가르며 내는 퍽퍽 소리, 노란 알갱이들이 사방으로 흩어지는 장면이 마치 오래된 그림 속 풍경처럼 다가왔다. 그들은 조를 가만히 도리깨나 막대로 두드리고 모아들이고 있었다. 그 작은 알갱이들, 저것들은 어떻게 저렇게 작은가. 저 작은 알갱이 속에 무엇이 숨을 수 있을까. 알갱이는 작아서 손가락에 묻어날 만큼 가볍고도 연약해 보였지만, 거기에는 계절의 무게와 사람들의 손길이 고스란히 담겨 있었다.

외할머니는 유독 조밥을 좋아하셨다. 우리가 아프거나 열이 날 때면 조강죽을 쑤어 먹이곤 하셨다. 부드럽게 끓어오르는 죽의 노란빛은 이상하게도 위로가 되었다. 가장 기억에 남는 것은 동생이 태어났을 때였다. 외할머니가 좁쌀 베개를 만들어 주셨다. 작은 알갱이들이 사각사각 소리를 내며 한데 모여 있었다. 좁쌀 베개는 아기의 열을 내린다고 했다. 그때 나는 알았다. 작고 사소해 보이는 것들이 오히려 사람을 살리고 달래준다는 것을.

나는 조를 털고 있는 아주머니에게 물었다.

"이걸 그대로 먹는 건가요?"

"아뇨. 방앗간에 가서 껍질을 벗겨야죠."

"그 작은 것에 껍질까지."

"방아 비용도 두 배나 비싸죠."

그 작은 좁쌀 한 알 한 알. 알이 너무 작아 조를 털 때면 애를 먹는다고 했다. 알갱이 한 알을 얻기 위해 수없이 두드리고 훑고 모아야 한다니, 참 정성이 들어간 곡식이다. 이런 과정을 '조바심'이라고 한다고 했다. 나는 조바심, 조바심, 하며 걸어갔다. 말이 입안에서 맴돌았다. 그 단어가 참 근사하게 들렸다. 어떤 마음인지 어렴풋이 알 것도 같았다.

조바심(弔波心)

한자로 풀어보면 '弔(조)'는 근심하고 위로하다, '波(파)'는 흔들리는 물결, '心(심)'은 마음을 뜻한다. 본래는 물결처럼 흔들리는 마음을 달래거나 붙잡으려는 안간힘을 가리키던 말이 변형되어, 오늘날에는 '걱정과 불안으로 조마조마 해하는 마음'을 의미하게 되었다. 또한 곡식 조(粟)와도 발음이 닮아 조를 털어 흩어진 알갱이를 주워 모으는 과정을 지칭할 때도 같은 소리가 쓰인다. 한 단어 안에 두 개의 이야기가 담긴 셈이다.

좁쌀을 털 때, 알갱이들은 한없이 흩어지고 굴러다닌다. 그것들을 그러모으며 생기는 마음이 조바심이 아닐까. 흩어져 버릴까, 조심스러우면서도, 하나라도 놓칠까 봐 조급한 마음. 그런데 같은 뜻을 가진 '조바심'이 있다. 겁이 나거나 걱정이 되어 마음을 조마조마 졸이는 것을 조바심이라고 했다. 언어가 참 묘하다. 한 알, 한 알 잃지 않으려는 손길의 조바심과 기다림 속에서 안절부절못하는 마음의 조바심이 서로를 비춘다.

조바심은 내 마음과 같다. 나는 언제나 조바심이 나면 엄지손가락을 입에 물었다. 시험을 치를 때, 어떤 결과를 기다릴 때, 진득하게 기다리지 못하고 엄지손가락을 입에 문 채 방안을 종일 왔다 갔다 했다. 그때를 떠올리면 벌써 가슴이 두근

거리고 안절부절못하는 기운이 몸을 감싼다. 사람의 마음은 왜 이렇게 작은 걱정 알갱이들처럼 쉽게 흩어지고 쏟아져 나오는 걸까.

언니는 암이었다. 검사를 하고 수술을 했다. 수술은 잘 끝났다고 했다. 깨어나 가족들과 이야기까지 했다. 이제 회복만 잘하면 될 거라고 믿었다. 우리는 안도했고, 마주 보며 웃었다. 그러나 며칠 후 병원에 가니 언니는 중환자실로 옮겨가 있었다. 가슴이 덜컥 내려앉았다. 몸에서 피가 빠져나가는 것 같았다.

의사의 말은 심각했다. 갑자기 혼수가 왔고, 지금으로선 언제 깨어날지 알 수 없으며 저 상태가 오래가면 식물인간이 될 수도 있다고 했다. 의사는 이유를 알 수 없다고 했다. 세상에서 가장 듣고 싶지 않은 문장이 내 앞에 놓였다. 나는 더욱 엄지손가락을 빨았다. 손가락 끝이 부르트고 갈라질 때까지. 결국 엄지손가락은 기어이 탈이 나고 말았다. 허옇게 부푼 손가락은 염증을 일으켰고, 나는 결국 병원에 가서 손톱을 뽑았다. 마음이 병이 되어 몸으로 스며든 셈이었다.

지인들은 저마다의 방식으로 기도를 모았다. 촛불을 켜는 사람, 절에 가는 사람, 밤새워 기도하는 사람. 다행히 언니는 한 달여 만에 의식을 되찾았다. 눈을 뜨고 나의 손을 잡아 주었을 때, 세상이 다시 시작되는 듯했다. 그때 느낀 안도와 감사는 오래도록 내 몸 안에 남아 있다.

누구에게나 걱정은 있다. 그 걱정의 간격 속에서 산다. 내 걱정의 간격 속에는 언제나 작은 것들이 자리했다. 좁쌀의 알들이 머릿속에서 데굴데굴 굴러다녔다. 작은 알갱이 같은 걱정 속에 파묻히고, 정작 무엇이 걱정이었는지 잊고 만 적도 있다. 어쩌면 걱정이란 본디 그렇게 흩어지는 좁쌀과 비슷한 것인지도 모른다. 나는 두 손으로 부지런히 그것들을 그러모으며 살아왔다. 그러나 모을수록 또 흩어지고, 흩어진 것을 다시 모으는 일은 끝이 없다.

조바심은 병일까? 나는 아직도 잘 모르겠다. 그러나 가만히 생각해 본다. 조를 털어내듯 조바심은 삶을 흔들어 놓지만, 그 흔들림 속에서 결국 알갱이는 모인다. 조바심이 없다면, 우리는 어쩌면 아무것도 붙잡으려 하지 않을지 모른다. 사랑도, 희망도, 기다림도. 조바심은 불안의 또 다른 이름이면서도 동시에 생의 집념일지도 모른다.

가을바람이 잔잔히 스쳐 간다. 황금빛 들판 위로 조 이삭이 부드럽게 흔들린다. 나는 잠시 걸음을 멈추고 내 안의 조바심을 조용히 쓰다듬어 본다. 여전히 작은 걱정들은 흩어지고 굴러다니지만, 나는 오늘도 그것들을 가만히 주워 모으며 살아간다. 언젠가 내 마음도 저 이삭처럼 묵직한 황금빛으로 영글어, 바람 앞에 겸손히 고개를 숙일 수 있기를. 그날이 오기까지 나는 묵묵히 기다리고, 또 다독이며, 이 계절의 빛 속에 작은 소망을 흩뿌린다.

18
홀씨

이른 봄, 가장 먼저 피는 꽃이 있다. 눈에 잘 띄지 않아도, 그 노란빛은 겨울의 끝을 조용히 알려 준다. 얼어 있던 땅 위로 가장 먼저 몸을 내밀어 세상을 깨우는 작은 신호. 눈발을 밀어내고 봄이 돌아왔음을 알리는 첫 깃발. 그것은 다름 아닌 민들레다. 나무들이 아직 새싹을 망설이는 동안, 새순 하나가 땅을 움켜쥐듯 버티며 환하게 웃는다. 작고 낮지만, 그 홀씨는 생각보다 멀리 날아간다.

민들레는 늘 눈에 띄지 않는 자리에서 기어이 피어난다. 길가나 아스팔트 틈새, 담벼락 아래, 흙이라 부르기도 어려운 곳에서도 생을 시작한다. 사람들의 발길에 수없이 짓밟히면서도 꿋꿋이 살아남는다. 그 낮은 생명에게서 오히려 단단함이 느껴진다.

어린 시절의 나는 그 꽃 곁에서 시간을 보냈다. 가난했던 집에는 마당이 없었고, 공터와 길가가 놀이터였다. 학교가 끝나면 가방을 던져두고 민들레를 바라보았다. 노란 꽃송이를 만지작거리다 씨앗을 후, 불어 날리며, 어딘가로 흩어지는 홀씨를 따라 내 마음도 잠시 날아가는 듯했다.

민들레는 어쩌면 내 모습과 조금 닮아 있었다. 작고 여렸지만 자기만의 자리를 지키며 살아가는 모습이 그랬다. 꽃잎은 바람에 쓸리듯 떨어지지만, 그 위로 곧게 피어나는 하얀 홀씨가 작은 의지를 드러내듯 부풀어 오른다. 존재감이 낮다고 해서 삶까지 움츠러드는 것은 아니라는 듯.

사회인이 된 후의 나는 오랫동안 한 직장에서 일하며 세상을 배웠다. 그 시절 한 남자를 만났고, 부쩍 가까워졌다. 어느 날 그는 나를 어머니께 소개하고 싶다고 말했다. 내 마음은 설렘과 두려움이 뒤섞였다. 사랑이란 결국 두 사람의 일이라고 믿었지만, 세상은 그렇게 단순하지 않다는 것을 조금은 알게 되었다.

그의 어머니는 점잖고 우아한 분이었다. 집안의 전통을 소중히 여기고, 자신의 뿌리를 자랑스럽게 이야기했다. 나전칠기 함에서 꺼낸 두툼한 족보를 한 장 한 장 넘기며, 아들이 성삼문의 16대손이고 자신은 민비의 후손임을 말했다. 그리고 내게 물었다. "김씨 집안의 족보가 있나요?" 그 질문은 내 안의 어딘가를 불편하게 건드렸다. 이어 나온 한마디는 더욱 그랬다. "쌍꺼풀이 영 마음에 들지 않아서 …"

그 순간, 머릿속에 수천 개의 민들레 홀씨가 흩날렸다. 갑작스럽게 휘몰아친 바람 앞에 시야가 흔들렸다. 살아온 세계와 그들이 지켜온 세계 사이에 단단한 벽이 서는 느낌이었다. 결국 나는 그 만남을 정리할 수밖에 없었다. 사랑만으로는 넘어설 수 없는 선이 세상에는 존재한다는 것을 그때 뼈저리게 실감했다.

민들레는 노란 꽃을 피운 뒤 곧 다른 꽃을 준비한다. 꽃대 위로 눈송이처럼 하얀 씨앗이 모여 둥근 우주를 만든다. 때가 되면 씨앗들은 조용히 손을 놓고 바람을 탄다. 목적지를 알지 못하지만, 결국 어딘가에서 새로운 생을 시작한다. 자연은 계획을 세우지 않아도 완벽했고, 애써 꾸미지 않아도 지혜로웠다. 민들레는 그렇게 피고, 그렇게 떠난다. 그 모습 앞에서 나는 오래 서 있었다. 낮은 자리에서 하늘을 향해 꽃대를 밀어 올리는 그 힘. 바람을 향해 자신을 맡기는 것은 체념이 아니라 삶에 대한 신뢰였다.

나는 어린 시절 지독히도 가난했고, 가진 것이 없다고 믿었다. 세상은 뿌리 깊은 나무들만 바람을 허락하는 듯 보였다. 그러나 무너진 자리에서 나는 글을 붙들었다. 슬픔이 뿌리처럼 내려앉을 때, 단어 하나하나가 작은 새싹이 되어 나를 살렸다. 『쉿, 기억은 여기 없어요』라는 책은 족보 대신 내 삶을 증명하는 단단한 뿌리가 되어 주었다. 윤동주는 하늘을 우러러 한 점 부끄럼 없기를 기도했고, 김현승은 가난하다고 해서 사랑을 모를까, 라고 담담히 말했다. 나 역시 작은 글로 나를 증명하고 싶었다. 가진 것이 없어도 희망과 사랑을 말할 수 있다는 확신이 나를 붙잡았다.

글을 쓴다는 것은 묵묵히 땅을 파 내려가는 일과 닮았다. 아무도 알아주지 않는 자리에서 작은 씨앗을 심는 일 같았다. 그러나 민들레를 떠올리면 마음이 놓인다. 작고 초라해 보여도 뿌리는 깊고 질기다. 사람들의 발길에도, 갑작스러운 바람에도 쉽게 사라지지 않는다. 오히려 상처 난 틈새로 더 강하게 뿌리를 내린다. 내 글도 그러기를 바란다. 누군가 밟고 지나가도 다시 일어서는 힘을 가지기를.

오늘도 나는 상상한다. 내 책 한 권 한 권이 홀씨가 되어 멀리 날아간다면, 누군가 그것을 읽고 잠시라도 위로를 받을 수 있다면. 어느 시인은 "바람이 분다, 살아야겠다"라고 했다. 내 글이 누군가의 삶을 잠시 어루만지는 훈풍이 될 수 있다면 얼마나 좋을까. 어떤 이는 책장을 덮으며 한숨 대신 미소를 지을 수도 있고, 또 어떤 이는 잠시 울다가 마음을 다잡을지도 모른다. 그 순간들을 위해 나는 다시 문장을 쌓는다.

글을 어렵게 쓰고 싶지 않다. 한 줄기 바람만 있어도 멀리 날아갈 수 있도록. 이해하기 쉬운 말로, 그러나 마음에 오래 남을 수 있도록. 그 민낯 속에서 누군가는 뜻밖의 위로를 발견할지도 모른다. 민들레는 땅에 낮게 잎을 펼치지만, 그 중심에서 곧은 꽃줄기를 밀어 올려 세상과 마주한다. 낮음 속에서도 하늘을 향해 뻗어 오르는 힘이 있다. 나도 그렇게 살고 싶다. 높이 드러나지 않아도, 남의 정원에 뿌리를 내리지 않아도, 나만의 자리에서 꽃대를 세우고 싶다. 때가 되면 그 꽃에서 홀씨를 만들어 바람에 실어 보내리라. 어디에 닿을지 알 수 없지만, 바람이 허락한 자리에서 또 하나의 작은 봄이 시작되길 바라며.

19
등대

생을 산다는 것. 그 아득하고 섬뜩한 것. 그것은 또 얼마나 난해한 일인가. 모호했던 청춘의 언저리에서 고민하지 않은 사람은 아무도 없을 것이다. 누구도 삶에 대해 한 마디로 규정한 사람은 없다. 나이가 들면서 어느 한순간도 소중하지 않은 것은 없다. 소중한 것은 특별한 것이 아니었다. 아주 하찮게 여기던 것이 마음으로 들어와 선 건 오래되지 않았다. 전에는 보이지 않던 것이 마음에 얹혔다. 마당 가에 핀 흔한 풀꽃이라던가, 하물며 그 흔한 길고양이 울음소리마저도 예사롭게 들리지 않는다.

어느 해, 불쑥 친구가 이른 아침에 전화했다. 오랜만이다, 잘 있었느냐는 진부한 인사 따위는 생략하고 내 목소리를 듣자마자 다짜고짜 울음을 터트렸다.

부랴부랴 입은 옷에 점퍼만 걸치고 황급히 친구의 집으로 달려갔다. 친구의 얼굴이 너무 상해서 깜짝 놀랐다. 그녀는 나를 보자마자 벌떡 일어나 내 손을 잡고 이끌었다. 우리는 허둥지둥 서울역으로 향했다. 그 친구는 기차표를 끊었다. 그녀는 줄곧 기차를 타고서도 차창에 머리를 기댄 채 말을 잊은 사람처럼 보였다. 지금 우리가 어디로 가는지 감히 물어볼 수 없을 만큼 친구의 표정은 심각했다.

우리가 도착한 곳은 어느 바닷가였다. 인천 소래포구라는 간판을 보고서야 알았다. 조용한 갯벌과 어시장이 있는 바닷가였다. 바다 냄새는 정말 오랜만에 맡아보는 거였다. 바다에 한 번 가보지 못하고 내가 살았던가? 의문이 올라올 정도였다. 그녀는 모래사장을 총총히 걸어갔다. 나도 뒤따라갔다. 붉게 물든 하늘이 서해를 덮어씌우듯 번져가고, 그 위로 작은 어선들이 그림자처럼 떠 있었다. 바다는 잔잔했지만, 저녁 빛은 깊게 흔들렸고, 풍경은 마치 오래된 사진처럼 마음속에 스며들었다. 그 순간만큼은 세상의 소음이 멀어지고, 나만의 이야기가 바다 위에 천천히 펼쳐지는 듯했다.

얼마쯤 걸어갔을까. 그녀는 모래밭에 풀썩 주저앉아 오열했다. 해변을 지나가던 연인들이 힐끗 돌아볼 정도로 크게 울었다. 마치 실연당한 여자처럼. 나는 그녀의 등을 쓸어내리며 왜 우는지에 대해 다그쳐 묻지 않았다. 이유는 금세 알 수 없지만, 속이 시원하도록 울 수 있게 잠자코 기다려주었다. 한참 동안 서럽게 울고 나서 무릎에 얼굴을 파묻고 어깨를 들썩였다.

"오빠가 말이야 … 오빠가 …"

그제서야 나는 화들짝 놀라 다그쳐 묻기 시작했다.

"오빠가 왜? 뭔데? 어서 말을 해 봐!"

"…"

장례 치르고 오는 길이라 했다. 세상에 이런 일이 … 그렇게 남매가 의좋게 지냈었는데. 그녀에겐 오빠가 아버지나 다름없었다. 교통사고로 조실부모한 그녀에게 오빠는 전부나 마찬가지였다.

나중에서야 들은 이야기지만, 그는 사랑하던 사람의 부모에게 끝내 받아들여지지 못하고 홀로 그 절망을 견디다 스스로 생을 놓았다고 했다.

나는 어떤 위로의 말도 찾지 못했다. 입술이 열리려다 이내 닫히고, 혀끝에 머문 말들은 모두 공허해 보였다. 무엇을 말해야 할지 몰라서가 아니라, 어떤 말도 지금의 그녀를 감쌀 수 없다는 것을 직감했기 때문이다. 그래서 나는 그저 그녀의 손을 두 손으로 꼭 맞잡았다. 떨리던 그녀의 손끝이 내 손바닥에 와 닿자 비로소 실감이 났다. 이렇게 가까이에 있는데도, 우리는 그녀의 오빠를 되돌릴 수도, 그의 절망을 거슬러 갈 수도 없다는 사실이 너무나 선명하게 다가왔다.

나도 그녀의 집에 갔을 때 여러 번 본 오빠였다. 눈빛이 참 선한 사람이었던 걸로 기억된다. 남보다 먼저 문을 열어주던 모습, 식탁에 앉아 동생 이야기를 들으며 웃어주던 얼굴. 그런 사람이 세상을 버렸다는 건 도무지 이해할 수 없었다. 얼마나 힘들었으면 … 얼마나 외롭고 막막했으면 … 자신을 지우는 길을 끝끝내 선택했을까. 그 생각이 가슴 깊숙이 내려앉으며 묵직한 돌처럼 숨을 막았다.

그 순간, 나는 알았다. 위로라는 건 때로는 말이 아니라 함께 존재하는 것이라는 걸. 손을 잡아주고, 눈을 맞추고, 그저 곁에 있어 주는 것. 우리는 그렇게 한참을 앉아 있었다. 말없이, 하지만 분명히 서로를 붙들며.

그날 친구는 오빠가 왜 죽었는지에 대해 끝까지 말하지 않았다. 나 또한 캐묻지 않았다. 안 그래도 제정신이 아닌 사람한테 구태여 상처를 헤집어 덧나게 할까 봐 참았다. 그녀는 모래를 털며 일어섰다. 좀 전보다는 조금 나아진 듯했다. 우리는 사람들이 하나둘씩 떠나는 뒷모습을 바라보며 가장 나중에 그곳을 빠져나왔다.

"바다를 보면 좀 나을까 했어 …"

우리는 집으로 돌아오는 차 안에서도 아무 말 하지 않았다. 다행히 그녀는 곤히 잠들었다.

그날 이후, 나는 바다를 떠올릴 때마다 이상하게 등대를 같이 그리게 되었다. 소래포구에는 빨간 등대가 하나 있었다. 그날 어스름 속에서 붉은 불빛을 깜박이던 그 등대가 문득 내 마음을 붙들었다. 어둠이 내려앉자 등대는 보이지 않는 먼 쪽으로 한 번씩 빛을 쏘아 올렸다. 누구를 향해, 무엇을 비추는지 알 수 없지만, 그것은 흔들리는 삶의 한가운데 서서 묵묵히 신호를 보내는 듯했다.

그 후로 나는 친구를 자주 떠올렸다. 며칠 뒤 조심스럽게 문자를 보냈을 때, 한참 후에 답장이 날아왔다. "산 사람을 어떡하든 살아가야겠지." 그 문자를 보고 나는 가슴을 쓸어내렸다. 때로 너무 기막히고 어이없는 상실은 언어를 거부한다. 대신 그 곁을 지켜주는 것, 침묵 속에서 함께 숨 쉬어주는 것, 그것이 전부일 때가 있다.

나는 그날 이후로 달라졌다. 예전엔 빠르게만 살아왔다. 모든 게 나중에 하면 될 일 같았다. 하지만 삶은 나중을 기다려주지 않는다는 걸 알았다. 그리고 무언가를 잃고 난 뒤에야 비로소 보이는 것들이 있다. 저녁 하늘에 스며드는 빛, 길모퉁이에서 눈을 맞추는 고양이, 계절의 냄새. 그 하찮아 보이던 것들이 사실은 우리를 붙드는 등대였다는 걸.

시간이 흘러 친구는 조금씩 생기를 찾기 시작했다. 어느 날 그녀가 말했다.

"그날 바다에 가길 잘했어. 아니, 네가 같이 가 줘서 고마워. 혼자였으면 아마 길을 잃었을지도 몰라."

나는 고개를 세게 끄덕여주었다. 삶은 여전히 어렵고, 상실은 되돌릴 수 없지만, 우리는 때때로 서로에게 작은 불빛이 된다. 말없이 빛을 던져주고, 길을 잃지 않게 해준다.

어쩌면 인생이란 거창한 목표를 향해 달리는 것이 아니라, 길을 잃지 않게 서로의 앞을 비춰주는 일인지도 모른다. 우리가 누군가의 등대가 되고, 또 누군가의 불빛에 기대어 한 발 더 걸어가는 것. 그 불빛이 때로는 미약하고 흔들려도, 그것만으로도 충분히 버틸 수 있다는 것을.

바다는 여전히 잔잔하게, 등대는 묵묵히 제자리를 지키며 빛을 쏘고 있을 것이다. 낮에는 그저 바위 위 작은 구조물에 불과하지만, 어둠이 내리면 길 잃은 이들에게 조용히 신호를 보낸다. 번쩍이며 소리치지 않고, 천천히 깜박이며 여기 있다고 알려준다. 삶이란 어쩌면 그런 느리고 꾸준한 빛에 기대어 나아가는 항해인지도 모른다.

우리도 각자의 바다를 건너며 헤매고 흔들린다. 안개에 갇히고, 파도에 휩쓸려 방향을 잃기도 한다. 하지만 아주 멀리, 눈에 잘 띄지 않는 작은 불빛 하나가 끝내 우리를 살려낸다. 그것은 누군가의 온기이자 지나간 기억, 한때 건넸던 손길일 수 있다.

그날 소래포구의 등대가 내게 그랬다. 친구에게도 그랬을 것이다. 지독한 상실 속에서 버티는 일이 얼마나 고독한지 알기에, 나는 더 이상 그 불빛을 하찮게 여기지 않는다. 우리는 결국 서로의 바다를 비추는 작은 등대가 된다. 미약하고 흔들려도, 그것만으로 누군가는 길을 잃지 않는다.

 오늘도 어딘가에서 누군가는 그 빛을 보고 살아갈 용기를 얻을 것이다. 나 또한 언젠가 누군가에게 그런 빛이 되길 바란다. 그렇게 서로를 부르며, 우리 모두의 밤바다를 건너갈 수 있기를.

20
한 권의 책

　나는 오래전부터 믿어왔다. 작가의 가슴 한켠에는 누구에게도 쉽게 들키지 않는 비밀의 웅덩이가 하나쯤 자리하고 있다고.
　그 웅덩이는 깊고 어두컴컴하며, 때로는 가늠할 수 없는 미로 같지만, 그 아득한 가슴 밑바닥에는 그들만의 신비한 세계가 도사리고 있을 것이라 상상하곤 했다. 자칫 남들이 흘려보내고 잊어버릴 것들을 그들은 절대 놓치지 않으려는 듯 꼭 움켜쥐어 가슴속 가장 깊은 곳에 밀어 넣고, 숱한 날들을 재워두기도 하리라는 생각에 잠기곤 했다.
　비애가 흐르는 어떤 명사, 사랑의 잔해, 부끄러움과 분노, 이해받지 못한 웃음과 울음이 진득하게 그 안에 가라앉아 있을지도 모른다. 세월이 그것을 삭이고 삭힌다. 작가는 어느 날, 그 웅덩이 속 부유하는 말들을 두레박으로 건져 올린다. 그러고는 모두가 잠든 시간에 키보드 위에 그것을 새겨 넣을 것이다. 때론 짓무른 기억이 터져 울음을 터트리기도 하겠지.

그것을 붙들고 쓴다는 건 실은 자기와의 싸움, 그리고 고독과의 동거에 가깝다.

내게 책이란 과연 무엇일까.

책은 어쩌면 내가 지금껏 살아온 시간의 응결체였다. 한 생의 어떤 계절, 어떤 얼굴, 어떤 상처가 응축되어 한 권의 종이에 담긴다. 책은 한 사람의 역사이며, 피와 땀으로 완성된 결정체다. 그러할진대 그 결산물을 함부로 대한다는 것은 있을 수 없는 일이다.

책의 뒤안길에는 오로지 작가만이 아는 눈물과 방황, 좌절과 환희가 겹겹이 숨어 있다. 그 길은 외부에서 바라보면 한낱 문장으로만 보이지만, 그 속을 걸어본 자만이 안다. 얼마나 많은 밤을 홀로 견뎌야 했는지, 얼마나 많은 의심과 포기를 넘어서야 했는지, 오직 그 길을 끝까지 걸어본 이만이 그 무게와 떨림을 안다.

인생이란 결국 이야기가 모여 이루어진 긴 여정이 아닐까. 작은 이야기들이 모래처럼 쌓여 산이 되고, 큰 이야기들이 강처럼 흘러 바다가 된다. 어떤 이는 그 얘기를 읽고 자신을 위로하고, 또 어떤 이는 자신의 민낯을 드러내는 그 자체가 싫어 삶을 송두리째 부정하기도 한다. 그러나 분명한 것 우리는 이야기로 살아가고, 이야기로 상처받으며, 또 이야기로 치유된다는 것이다.

쓰는 것의 근원은 도대체 어디일까. 사랑이기도 하지만, 대개는 상처다. 상처가 다 아물기도 전에 딱지를 뜯어내어 또다시 피를 내며 쓴다. 쓰는 일은 살아 있는 자해이자 치유를 향한 몸부림이다. 그러나 단순히 '쓴다'라는 행위에 머무르지 않는다. 그 너머에는 슬픔의 힘, 존재를 증명하려는 미세한 울음이 있다. 나 역시 그랬다. 단 한 사람이라도 내가 쓴 문장을 읽고 마음이 흔들린다면, 내 고통이 허공으로 흩어지지 않는다면, 그것만으로도 충분히 살아 있을 이유가 된다고 믿었다.

그러나 세상의 시선은 냉혹했다. 글은 세상에 나간 순간 더는 내 것이 아니었다. 독자들은 가차 없었고, 침묵은 때때로 칼보다 날카로웠다. 세상의 무심함은 나를 무너뜨리기도 했다. 무엇보다 출판의 문턱은 두려움 그 자체였다. 거대한 출판 시장은 나 같은 초보의 이름조차 기억해주지 않았다. 나는 감히 그 문을 오랫동안 두드릴 용기조차 없었다.

그래서 나는 한동안 절필했다. 글을 쓰지 않았다. 그러나 이야기는 나를 내버려 두지 않았다. 아무것도 쓰지 않으려 해도 단어들이 밤마다 찾아와 귀를 두드렸다. '너는 결국 쓰게 될 것이다.' 그 속삭임을 외면할 수 없었다. 그렇게 나는 뒤늦게 첫 소설집을 세상 밖으로 던질 결심을 하고야 말았다.

그 선택은 무모했고, 동시에 운명이었다. 나는 출판의 세계를 알지 못했다. 원고를 정성껏 다듬어 보내기만 하면 책이 탄생하리라 믿었다. 출판비를 줄이려고 가장 저렴한 출판사를 찾아 원고를 맡겼다. 표지 디자인이나 편집 과정, 종이의 질감조차 깊이 묻지 않았다. 그저, 내 책을 손에 쥐고 싶다는 열망 하나로 뛰어들었다. 무지와 설렘이 손을 맞잡은 채, 나는 미지의 바다로 몸을 던졌다.

그리고 마침내, 책이 도착했다. 택배 상자를 뜯어내는 순간, 내 심장은 오래된 연애편지를 열 때처럼 떨렸다. 책을 손에 올려놓았을 때 나는 먼저 내 이름보다도 몇몇 소중한 얼굴을 떠올렸다. 문장의 호흡을 세심히 살피며 쉼표 하나까지 다듬어 준 L 선생님, 작품 해설을 써 주며 "좋은 작품, 앞으로도 계속 써나가길 바랍니다."라고 용기를 주셨다. 어찌 보면 이 책은 결코 나 혼자의 것이 아니다. 선배들의 진심 어린 조언과 온기, 그리고 나를 믿어 준 마음들이 모여 한 권의 종이에 스며들었다. 그 사실이 가슴을 뜨겁게 채웠다. 내가 홀로라고 믿었던 긴 싸움의 끝에, 사실은 보이지 않는 동행들이 있었다는 것을 깨닫는 순간이었다.

책은 이제 세상 밖으로 던져졌다. 그 순간부터 그건 내 것이 아니라 세상으로 흘러나간 하나의 생명이라는 것을. 내가 품었던 고통이, 누군가에게는 위로의 말로 가닿을 수 있기를.

이제 내 책은 독자의 것이다. 나의 손을 떠나 세상으로 흘러가는 순간, 이야기는 전혀 다른 생을 얻는다. 이 책을 펼칠 사람은 내가 알지 못하는 얼굴일 것이고, 서로 다른 언어와 상처와 기쁨을 지닌 이들이 각자의 자리에서 이 문장을 마주할 것이다. 누군가는 무심히 넘길 것이고, 누군가는 자기의 오래된 기억을 꺼내며 잠시 멈출 것이다. 어떤 이는 비판하며 등을 돌릴 것이고, 또 어떤 이는 뜻밖의 위안을 발견할지도 모른다. 이제 이 이야기는 내 것이 아니라, 세상에 흩어져 있는 모든 독자님의 것이다.

이제 나는 조금 안다. 쓰는 일은 끝없는 외로움의 길. 하지만 그 길을 걸으며 나를 증명하고, 또 작가 자신을 구원하는 일이다. 책은 결국 한 사람의 시간과 상처와 사랑이 모여 만들어진 가장 고요하면서도 가장 단단한 외침이다. 그것은 나에게서 태어났지만 나를 넘어서는 존재가 되길 간절히 바라면서.

그래서 나는 다시 쓰기로 했다. 상처가 아직 덜 아문 채로, 그러나 이전보다 한층 더 단단해진 마음으로. 언젠가 또 다른 웅덩이가 가득 차오르면, 나는 망설임 없이 그 속으로 손을 넣어 꺼낼 것이다. 그리고 나의 또 다른 이야기를 세상을 향해 던질 것이다. 그것이 나를 살게 하고, 나를 끝내 작가로 존재하게 하리라는 것을 이제는 믿기 때문이다.

21
아리랑

긴 연휴가 찾아왔다. 오랜만에 집이 조용해졌다. 사람들의 발길이 끊기고, 전화도 울리지 않는 드문 한가로움 속에서 나는 문득 집안을 둘러보기로 했다. 평소에는 지나치기만 하던 구석구석이 낯설게 다가왔다. 시간은 조용히 먼지가 되어 오래된 가구 위에 내려앉아 있었다. 책장에 세워놓은 작은 도자기와 촛대들, 언젠가 필요했던 물건들은 이제 더 이상 나를 부르지 않았다. 그때 그 시간의 감흥은 사라지고, 단지 흔적만 남아 있었다. 나는 그것들을 치우기로 마음먹었다.

서랍 맨 밑바닥을 정리하다가 낯익은 천 한 조각을 발견했다. 어린 시절 할머니가 만들어주신 갑사 한삼이었다. 갑자기 오래된 기억이 열렸다. 어린 나는 바느질을 하던 할머니 옆에 앉아 있었다. 색동천을 대고 바늘을 움직이던 할머니에게 "뭐 하세요?" 하고 묻던 날, 할머니는 "나중에 보면 알아" 하고 웃으셨다. 그렇게 완성된 한삼을 내 손목에 끼워주던 손길은 지금도 선명하다.

할머니는 늘 바느질했다. 버선이며 저고리, 남은 조각천으로 별별 것을 만들며 긴 시간을 견디셨다. 나는 어린 마음에 한 번 이렇게 투정했다.

"누가 요즘 이런 걸 만들어요? 나중엔 다 버려질 텐데요."

그러자 할머니는 잠시 바늘을 멈추고 말했다.

"하든 안 하든. 늙은이가 이 많은 시간을 뭐 하며 보내겠느냐. 이거라도 해야 내가 덜 지루하지."

그 말의 깊이를 나는 그때 몰랐다. 그저 쓸쓸한 미소만을 보았을 뿐이다.

나는 오래 잊고 있던 한삼을 들고 한참을 앉아 있었다. 천의 결을 손끝으로 더듬자, 할머니의 모습이 선명하게 되살아났다. 오래전, 할머니는 조용히 앉아 바늘을 움직이며 세월을 견디셨다. 그리고 그 시간은 언제나 노랫소리와 함께였다. 아리랑. 한숨 같기도 하고 기도 같기도 한 그 가락이 바늘 끝마다 스며 있었음을 나는 이제야 깨닫는다.

궁금증에 '한삼'을 찾아보았다. 조선 후기의 속저고리에서 변형된 복식이라 했다. 지금은 무용할 때 손목에 끼우는 춤사위의 옷이라 했다. 하지만 할머니에게 한삼은 사전의 정의가 아니었다. 그것은 긴 시간을 바늘로 꿰어낸 하루의 증거였다.

할머니가 바느질할 때면 늘 아리랑을 부르셨다. 처음엔 낮게 읊조리듯 시작하다가, "나를 버리고 가시는 님은 십 리도 못 가서 발병 난다." 부분에서는 목청을 돋우셨다. 나는 깔깔 웃었다. "할머니, 왜 거기서만 목소리를 세우세요?" 그러면 할머니는 "너는 몰라도 돼." 하고 말끝을 흐렸다.

뒤늦게야 알았다. 그 노랫소리가 밭에서, 아궁이 앞에서, 시집살이의 긴 밤마다 할머니를 버티게 해주었다는 것을. 아리랑은 할머니 삶의 장단이자 북소리였다. 말로 다 꺼낼 수 없는 서러움을 노래로 길어 올려 자신을 달래셨을 것이다.

아리랑은 이제 내게 단순한 민요가 아니다. 그것은 잊힌 것들이 여전히 우리 안에서 살아 있음을 일깨우는 목소리다. 한때 너무 흔해 아무렇지 않게 흘려보냈던 소리였지만, 지금은 내 기억의 가장 깊은 곳에서 천천히 되살아난다. 할머니가 긴 세월을 견디며 부르던 그 노래는, 마치 오랜 세월 땅속에서 숙성된 뿌리처럼 조용히 나를 붙잡는다.

그 소리는 부엌 아궁이에서 피어오르던 연기 냄새와 함께 기억난다. 새벽녘 물을 긷던 차가운 공기, 고된 하루를 앞둔 숨소리, 그 위를 가볍게 스치는 바늘귀를 머리에 쓰다듬던 소리. 할머니는 그 속에서 아주 낮게 노래했다. 처음엔 거의 들리지 않을 만큼 작고 가늘던 목소리가, "나를 버리고 가시는 님은 …" 가사에 이르러 갑자기 옥타브를 조금 높였다. 그때마다 주름진 목에 핏줄이 서고, 두 눈은 어딘가 먼 곳을 향해 잠시 멈추었다. 나는 어린 마음에 그 이유를 몰랐지만, 이제는 안다. 그 한 구절은 할머니가 견뎌낸 세월과 눈물의 가장 깊은 그리움이었다.

아리랑은 할머니가 세상에 보내는 숨겨진 기다림이자 그리움의 한 맺힌 장단이 아니었을까. 그리고 자신을 지키는 주문일 수도 있었다. 밭에서 허리를 굽히며, 겨울밤 군불을 지피며, 낯선 시집살이의 외로움을 견디며 … 할머니는 그때마다 아리랑을 불렀다. 노래가 말보다 먼저 위로가 되어 주었을 것이다. 한숨을 삼키듯, 울음을 숨기듯, 그러나 끝내 부르지 않을 수 없는 곡.

나는 그 사실을 너무 늦게 깨달았다. 한삼을 손에 쥔 채로, 잊힌 듯 서랍 속에서 묵묵히 기다리고 있던 시간의 무게를 느끼며 비로소 안다. 아리랑은 시간의 먼지를 털고 되살아나는 숨결이다. 과거를 단순한 추억이 아니라 현재를 지탱하는 힘으로 끌어올린다. 할머니의 목소리는 세월을 넘어 내게 말을 건넨다.

"너도 언젠가 이 노래를 부를 거야. 삶이 견디기 어려울 때, 말로 표현할 수 없을 때."

아리랑은 그렇게 내 안에 되살아나 나를 붙잡는다. 그 멜로디는 단순한 음이 아니라, 세월을 견딘 자들의 목소리, 이름 없는 인내의 기록, 사랑과 상실이 켜켜이 쌓여 만든 진동이다. 모두 잊혔다고 생각했던 것들이 실은 내 혈관 속을 흐르고 있었음을, 그 오래된 소리가 지금도 나를 살리고 있음을 나는 이제야 안다.

호머 헐버트라는 선교사가 "아리랑은 한국인의 쌀"이라 했다. 1896년 그는 아리랑을 처음 오선지에 옮겨 서양에 알렸다. 그러나 내게 아리랑은 기록 이전의, 이름 없는 존재였다. 할머니의 입술에서 처음 배운 노래였고, 집 안의 오래된 음률이었다.

그러고 보면 우리는 너무 쉽게 잊는다. 손때 묻은 물건을, 세월의 무게를 견뎌낸 노래를, 묵묵히 시간을 살아낸 사람을. 한삼을 다시 서랍에 넣으면서 나는 그 사실을 새기듯 가만히 쓰다듬어 본다.

아리랑 아리랑 아라리요 … 이 오래된 멜로디는 다시 내 안의 시간을 깨운다. 한때 사라졌다고 여겼던 것들이 실은 여전히 내 삶을 지탱하고 있음을, 그리고 기억한다는 것은 잃어버린 진리를 되살리는 일임을 일깨운다. 그 소리는 오래된 방 안의 공기를 흔들고, 내 심장의 가장 깊은 곳을 두드린다. 잊혔다고 믿었던 것들이 실은 잠들어 있었을 뿐, 여전히 내 속에서 미세한 숨을 쉬고 있었다.

아리랑은 내 안에서 새벽처럼 피어난다. 세월의 먼지 속에서 길을 잃은 목소리들이 다시 모여 하나의 강이 된다. 그 강은 과거와 현재를 잇고, 잃어버린 것들과 여전히 살아 있는 것들을 한 줄기 흐름으로 묶어낸다. 나는 그 물결 속에서 오래전 할머니의 손길을 만지고, 그녀의 목소리에 귀를 기울인다. 그리고 깨닫는다. 노래는 사라지지 않는다. 그것은 기억 속에서 천천히 숨 쉬며, 우리가 다시 불러내기를 기다리고 있을 뿐이다.

아리랑은 내게 이제 하나의 노래를 넘어선다. 그것은 사랑과 상실, 인내와 생존, 이름 없는 삶들의 흔적을 꿰어 만든 거대한 직조물 같다. 그 위에서 나는 비로소 서 있다. 내 앞의 시간, 내 뒤의 시간, 그리고 아직 오지 않은 시간마저 이 오래된 가락에 실려 잔잔히 흔들리고 있음을 느낀다.

나는 오늘, 잠시나마 잊힌 노래를 조용히 따라 불러본다. 그 순간, 과거는 단순한 추억이 아니라 현재를 견디게 하는 힘으로 깨어난다. 그리고 나는 안다. 기억한다는 것은, 사라진 듯한 것들을 다시 살아 숨 쉬게 만드는 일이라는 것을.

22
둥근 방

내가 꿈꾼 서재의 원형은 언제나 엄마의 자궁이었다. 태어나기도 전에 우리가 처음 머무는 공간. 둥글고 따뜻하며, 세상의 냉기와 소음을 완벽히 차단하는 첫 집. 그 안에서 우리는 아무 것도 알지 못한 채, 다만 자라난다. 나는 그 공간을 전혀 기억하지 못하면서도, 평생 그리워해 왔다. 그래서였을까. 나의 서재는 늘 둥글어야만 했다. 어쩌면 내가 책을 읽고 글을 쓰는 일은, 언젠가 떠나온 그 자궁으로 돌아가려는 본능일지도 모른다.

태아 사진을 보면 늘 서재가 떠올랐다. 탯줄로 영양을 공급받으며 둥글게 몸을 말고 있는 작은 생명. 그 모습은 나에게 책상에 앉아 문장 하나에 매달리는 작가의 형상과 묘하게 겹쳤다. 책 역시 내게 탯줄이었다. 페이지마다, 활자마다 영양분을 흘려보내며 나를 살아 있게 했다. 글을 읽고 쓰는 행위는 결국, 생존을 위해 세상과 연결되는 가장 오래된 본능이었는지도 모른다.

지금도 나는 꿈꾼다. 커다란 둥근 방을. 직선이 지배하는 세상에서 벗어나 곡선이 만든 고요 속으로 숨어드는 방을. 벽을 따라 책장이 빙 둘러 있고, 그 가운데 작은 책상이 놓인 풍경. 앉아 고개만 돌리면 온 세상의 지식과 문학이 원을 이루며 나를 감싼다. 그 책들은 나를 굽어보지 않는다. 그저 같은 원 안에서 숨을 나누며 함께 존재한다. 나는 그 안에서 다시 태어나듯 글을 쓰고, 길을 잃었다가도 돌아오고, 무너졌다가도 다시 일어날 수 있을 것 같다.

각진 방은 늘 내 마음을 어딘가를 불편하게 했다. 모서리는 사유를 끊고, 벽은 생각을 가두었다. 효율적이지만 차갑고, 편리하지만 내적 호흡을 방해했다. 반면 둥근 벽은 시선을 흘려보내고, 생각을 품는다. 원은 권력이 아니라 포옹이다. 건축에서 원형은 완결을 상징하지만, 동시에 부드러운 순환을 허락한다. 빛이 부드럽게 돌고, 그림자가 선 없이 흐른다. 그 안에서는 시간마저 직선이 아니라 호흡처럼 둥글게 감긴다. 그래서 나는 직선의 세계를 잠시 벗어나, 원의 품 안에서 사유를 이어가고 싶다.

나는 상상 속에서 수없이 그 방을 설계해왔다. 벽은 매끈한 곡선으로 이어지고, 천장은 높고 조용하다. 은은한 조명들이 별처럼 천장을 따라 박혀 부드럽게 빛을 흘린다. 바닥은 오래된 나무로 마감되어 발끝에서 잔잔한 온기가 전해진다. 벽을 따라서는 책들이 끝없이 이어진다. 고전과 현대, 철학과 시, 기억과 상상이 한 바퀴를 이룬다. 그것은 거대한 압박이 아니라 부드러운 포옹이다. 한 바퀴를 따라 책등을 쓰다듬으면 마치 오래된 친구들의 손을 잡는 듯한 안도감이 느껴질 것만 같다. 방 한가운데에는 작은 책상이 있다. 필요 이상 화려하지 않지만 단정하고 고요하다. 책상 위에는 연필과 종이, 한두 권의 책만 놓여 있다. 창문은 내 앞쪽에 있다. 언제든 세상과 연결될 수 있으면서도, 필요할 때는 완전히 닫아 나만의 우주를 지킬 수 있는 통로처럼.

그곳은 나만의 성역이다. 누구도 허락 없이 들어올 수 없는 고요의 행성. 나는 그곳에서 문장과 싸우고, 때로는 좌절한다. 깊이 막힌 문장을 붙들고 고개를 떨구다, 결국 자리에서 일어나 슬리퍼를 끌며 서재를 빙빙 돌게 될 것이다. 그때 방 안의 공기는 단순한 공기가 아니라 사유의 바다다. 책과 내가 함께 내쉬는 호흡으로 가득한, 두텁고 느린 바다. 나는 그 안에서 잠시 가라앉았다가 다시 떠오른다. 새로운 문장을 발견할 때마다 물 위로 올라와 숨을 들이쉬듯 살아난다.

책들은 어쩌면, 그 자체로 하나의 건축이자 도시다. 촘촘히 들어찬 서가는 벽이면서도 미로이고, 책 한 권 한 권은 집이자 골목이다. 밤마다 그들은 속삭인다. 나는 귀를 기울인다. 그러나 그들의 언어를 온전히 이해하지는 못한다. 그것은 인간의 시간보다 오래된 목소리다. 한참을 듣다 보면 방 안이 그들만의 대화로 차오른다. 그러면 나는 문을 열어둔다. 지식의 숨결이 바깥 공기와 섞이도록. 그리고 다시 문을 닫으면, 그 무형의 속삭임은 더욱 짙어져 나를 감싼다.

지금 내 방의 현실은 엉켜 있다. 책들은 이중, 삼중으로 꽂혀있고, 찾으려면 한참을 꺼내고 다시 쌓아야 한다. 질서와 혼돈이 공존하는 풍경은 나쁘지 않지만, 가끔은 답답하다. 그래서 더 간절히 꿈꾼다. 질서정연한 원형의 향연, 길을 잃지 않는 미로. 그곳에서는 생각이 더 자유롭게 흐를 수 있을 것 같다. 나는 그곳에서야 비로소 완전히 나 자신이 될 수 있을 것이다.

책 속에는 작은 벌레 몇 마리 살지도 모른다. 오래된 책갈피에서 희미한 금을 볼 적마다 느닷없이 드는 생각이었으니까. 어떤 날은 잠을 청하려고 억지로 눈을 감고 누우면, 어디선가 사각거리는 소리가 들리는 것 같다. 날이 밝으면 그 작은 소음들은 결국 내 안의 소리임을 알아차리고 피식 웃는다.

어느 햇살 좋은 날.

나는 책을 밖으로 내놓아 오래된 먼지를 턴다. 그때 느껴지는 공기는 묘하게 향기롭다. 새 나무의 향이 아니라, 오랫동안 쌓인 지식과 기억의 냄새. 과거의 손길과 오래된 숨결이 뒤섞인 그 냄새는 나를 잠시 멈춰 세운다. 그것은 말 없는 위로이자, 또 다른 시작의 신호다.

  공간이란 결국 뭘까. 그 공간은 인간의 사유를 담는 그릇이고, 형태는 사고의 방식이 되는 건 아닐까. 직사각형의 방에서는 언제나 끝과 모서리를 의식할지도 모른다. 그 네모진 경계는 나를 자꾸 세상으로 밀어낼 것 같다. 순전히 내 생각이겠지만,

  하지만 둥근 방에서는 끝이 없다. 원은 사유를 순환시킨다. 생각, 한 점에서 시작해 흐르고, 다시 중심으로 돌아온다. 내가 둥근 방을 원하는 이유는 어쩌면 끝없는 사고의 회귀를 꿈꾸기 때문일지도 모른다. 태초의 자궁으로 돌아가 다시 태어나고 싶은 욕망. 지식의 원천으로 회귀해 다시 세상으로 나아가고 싶은 본능이라도 되는 것처럼.

  나는 상상한다. 그 방 한가운데서 숨을 고르고 앉아 있는 나를. 수많은 책의 무게가 공기 속에 섞여 나를 감싸는 순간을. 철학자의 날카로운 문장과 시인의 부드러운 언어가 한 공간에서 부딪히며 서로를 껴안는 장관을. 그 무게는 나를 짓누르는 것이 아닌, 오히려 나를 지탱해준다. 나는 그 안에서 비로소 나다운 문장을 찾아낼 것이다. 사유는 때로 나를 압박하지만, 그 압박 속에서 나는 한없이 자유로워진다.

  둥근 방은 아직 내게 없다. 하지만 그것은 이미 내 안에 지어졌다. 머릿속의 설계도에서 나는 매일 그 방을 짓고 허물고

다시 세운다. 언젠가 현실 속에 탄생할 그 방은 단순한 서재가 아니라 사유의 기념비가 될 것이다. 나를 감싸고, 나를 새롭게 태어나게 할 자궁. 글과 지식의 탯줄이 다시 나를 연결해 줄 행성. 그곳에서 나는 숨을 고르고, 세상을 향해 문을 열며 미소 지을 것이다.

23
선

날마다 나는 주차장의 파수꾼이 된다. 회색 콘크리트 위를 가로지르는 하얀 선들은 단순한 페인트가 아니다. 그것은 "이곳은 너의 자리, 저곳은 타인의 자리"라는 침묵의 약속이다. 그러나 사람들은 종종 그 약속을 무너뜨린다. 어떤 바퀴는 선을 반쯤 물고, 어떤 차체는 옆 칸을 잠식하듯 삐딱하게 들어선다. 차주는 연락처 하나 남기지 않은 채 떠나고, 그 뒤에 남겨진 것은 좁아진 공간과 작은 혼란, 그리고 내 마음속에 스며드는 복잡한 생각들이다.

주차장은 나름의 질서를 세워두지만, 그 질서는 너무도 쉽게 무너진다. "이 정도야 괜찮겠지."라는 작은 마음이 선을 흐릿하게 만든다. 그러나 그 사소한 어긋남이 다른 차를 막고, 다른 이의 하루를 지연시키며, 누군가의 공간을 빼앗는다. 나는 이 일을 하며 깨닫는다. 삶은 이렇게 보이지 않는 곳에서, 언제나 양심의 선을 시험하고 있다는 것을.

우정에도, 사랑에도, 가족에도, 직장에도 각자의 선이 있다. 그 선은 서로를 존중하고 숨 쉴 수 있게 하는 투명한 경계다. 하지만 우리는 종종 무심히 그 경계를 넘어버린다. 선을 넘을 때마다 관계는 조금씩 삐걱대고, 때로는 되돌릴 수 없는 작별을 맞이한다.

첫 직장에서 나는 한 상사와 유난히 가까워졌다. 그는 처음엔 따뜻했고, 내 잠재력을 믿어주는 듯 보였다. 중요한 회의에 나를 데려갔고, 내 보고서를 칭찬하며 어깨를 두드렸다. "이 정도면 훌륭해." 그 한마디가 지친 하루를 견디게 하는 힘이 됐다. 나는 감사했고, 그 신뢰를 갚고자 더 늦게까지 남아 일했다.

그러나 그 신뢰의 빛은 조금씩 다른 색으로 변해갔다.

퇴근 무렵, 그는 아무렇지 않게 내 책상에 다가와 앉았다. "오늘은 바로 가지 마. 잠깐 얘기 좀 하자." 대화는 처음엔 업무였지만, 어느새 내 사생활로 스며들었다. 내가 주말에 누구를 만나는지, 가족은 어떤지, 연인은 있는지. 처음에는 웃으며 대답했지만, 그의 눈빛 속에서 묘한 집착이 피어나는 것을 느꼈다. 단순한 관심이 아니라, 나를 소유하려는 듯한 시선이었다.

밤늦게 울리는 메시지가 점점 늘어났다. 처음에는 챙김 같아 고마웠지만, 곧 그 관심은 숨을 막히게 했다. 답하지 않으면 전화가 울렸고, 회사라는 공간이 내 일상의 깊숙한 곳까지 스며드는 느낌은 당혹스럽기 그지없었다.

거절은 쉽지 않았다. 그는 내 평가권을 쥐고 있었고, 한 번의 표정 변화가 승진과 인사고과로 이어질 수 있다는 사실을 나는 알고 있었다. 그래서 웃으며 얼버무리거나, 바쁘다고 핑계를 댔다. 그러나 어느 날, 그는 회의가 끝난 뒤 무심한 듯 그러나 단단한 목소리로 말했다.

"너, 요즘 왜 나를 피하는 거야? 난 그냥 널 아끼니까 그러는 건데."

그 말이 공기를 가르듯 들어왔다. 나는 아무 말도 하지 못했다. '이건 잘못됐다'라는 신호가 내 안에서 울렸지만, 입 밖으로 나오지 않았다. 그는 상사였고, 나는 계약직이었다. 불균형한 힘의 저울대 위에서 나는 그 관계를 되돌릴 방법을 찾지 못했다.

그때 문득 미셸 푸코의 문장이 떠올랐다.

"경계 없는 친절은 때로 폭력으로 변한다."

그의 호의는 분명 친절로 시작됐지만, 경계 없는 친절은 힘을 가진 쪽으로 기울어질 때 상대를 옭아매는 굴레가 된다. 나는 그 굴레 속에서 점점 작아지고 있었다.

그 후로 나는 조금씩 거리를 두었다. 회식을 피하고, 답장을 늦추고, 퇴근 후 연락을 받지 않았다. 그러자 그는 서운함을 드러냈다. "네가 이렇게 나오면 난 섭섭해." 감정의 호소였지만, 동시에 보이지 않는 압박이었다. 나의 작은 독립 시도가 그의 불만이 되었고, 그 불만은 나의 불안을 자극했다. 회사에서의 하루는 천천히 숨 막히는 공간으로 변해갔다.

돌아보면 그것은 악의라기보다 '선'을 지키지 못한 무심함이었을지도 모른다. 그러나 직장은 권력이 비대칭적으로 작동하는 공간이다. 권력 앞에서의 무심함은 때로 폭력이 된다. 그는 자신의 호의가 상대에게 굴레가 될 수 있다는 사실을 몰랐고, 나는 너무 어려 그 선을 어떻게 지켜야 하는지 알지 못했다. 결국 나는 그 회사를 떠났다.

선은 한 번 무너지면 쉽게 복원되지 않는다. 후회는 언제나 관계가 이미 숨 쉴 수 없게 된 후에야 찾아온다.

사랑도 다르지 않았다. 한때 깊이 사랑했던 사람이 있었다. 우리는 하루를 공유했고, 서로의 시간을 철저히 알고자 했다. 그러나 확인은 점점 집착으로 변했다. 나는 자유를 갈망했고, 그는 나를 소유하려 했다.

어느 날 다툼 끝에 그가 말했다.

"네가 나를 사랑한다면, 나를 우선으로 둬야 하는 거 아니야?"

나는 대답하지 못했다. 사랑이라는 이름으로 우리는 서로를 잠식하고 있었음을 깨달았다. 그의 사랑은 불안을, 나의 사랑은 두려움을 품고 있었다. 결국 우리는 헤어졌다. 이별

후에야 알았다. 사랑이란 서로를 점령하는 것이 아니라, 서로의 선을 존중하는 일이라는 것을. 그러나 그 진실은 늘 뒤늦게 도착한다. 사랑에 빠질 때 우리는 경계를 보지 못한다. 선은 보이지 않는다고 착각하기 때문이다.

가족 또한 내게 그랬다. 피를 나눈 관계는 가장 가깝지만, 동시에 가장 쉽게 선을 잃는다. 나는 부모의 사랑을 온전히 받으며 자라지 못했다. 내가 문학을 하겠다고 했을 때 어머니는 코웃음을 쳤고, 아버지는 침묵으로 일관하다 너무 일찍 우리 곁을 떠났다.

그 시절 나는 방황했다. 아버지의 자리는 내게 무엇과도 비교할 수 없을 만큼 크게 남았다. 아버지는 말을 아끼는 분이셨다. 그때 차라리 아버지가 내 삶의 나침반이 되어주셨다면 어땠을까. 아버지가 일러준 길을 따라 이탈하지 않고 곧게 걸어갈 수 있었을지도 모른다. 지금은 아버지보다 훨씬 나이가 많아졌지만, 여전히 그리운 이름이다. 어쩌면 아버지는 부모와 자식이라는 관계에서 분명한 선을 지키셨던 건 아닐까. 그런 의문이 가끔 든다. 그러나 나는 이미 멀리 경로를 벗어나 버렸고, 돌아가려 해도 더 이상 갈 길을 알지 못한다.

삶에서 가장 어려운 것은 아마도 사랑하는 이와의 적절한 거리를 찾는 일일 것이다. 너무 멀면 외로움이, 너무 가까우면 질식이 기다린다. 선은 그 사이를 잇는 투명한 다리다. 우리는 다리를 건너려다 종종 그 위를 무너뜨리고 만다.

주차장으로 돌아오면 모든 것이 단순해진다. 나는 바닥의 선을 다시 바라본다. 바르게 서 있는 차는 질서를 지키고, 그 질서 속에서 나는 안도와 존중을 배운다. 그러나 삐딱하게 세워진 한 대의 차는 작은 어긋남이 얼마나 멀리 파장을 일으킬 수 있는지 가르쳐 준다.

우정도, 사랑도, 가족도, 직장도 그렇다. "조금쯤은 괜찮겠지"라는 순간이 선을 넘어서는 시작이다. 작은 무심함이 쌓여 관계는 삐걱거리고, 결국 주차할 자리조차 남지 않게 된다.

나는 매일 이곳에서 수많은 어긋남을 본다. 동시에, 정직하게 선 위에 멈춘 차들도 본다. 누군가 보이지 않는 마음의 선을 지켜주었다는 사실만으로도 세상은 덜 혼란스러워진다.

우리는 매일 선 위를 걷는다. 타인의 삶을 존중하려 애쓰면서도, 때로는 무심히 넘어선다. 그리고 넘은 뒤에야 깨닫는다. 선을 지킨다는 것은 단순히 규칙을 따르는 일이 아니라, 다른 이의 호흡과 자유를 지켜주는 일이라는 것을.

나는 여전히 주차장에서 일한다. 매일 차들이 오고 간다. 어떤 차는 바르게, 어떤 차는 삐딱하게. 그 풍경은 내 삶의 수많은 관계를 비춘다. 언젠가 나 역시 누군가의 선 위에 서게 될 때가 있을 것이다. 그때 이곳에서 배운 것을 잊지 않길 바란다.

가까움은 따뜻하지만, 너무 가까워지면 서로를 잠식한다. 거리는 차갑지만, 그 적당한 거리가 있어야 함께 숨 쉴 수 있다. 선은 그것을 지켜주는 보이지 않는 약속이다.

오늘도 나는 주차장 바닥 위의 흰 선을 바라본다. 그것은 말이 없지만, 분명히 존재한다. 삶의 어느 자리에서든, 누군가를 위해 내가 한발 물러서는 순간이 필요하다는 것을 조용히 가르쳐 준다.

세상은 아마 완벽하게 가지런히 그어진 선 위에 놓이지 않을 것이다. 그러나 우리가 선을 기억하려 애쓰는 한, 어긋난 자리에도 다시 길이 생긴다. 비록 늦게 깨닫더라도, 우리는 언제든 선을 다시 그을 수 있다. 그리고 그 순간부터 관계는 천천히 숨을 되찾는다.

나는 그것을 믿으며 오늘도 하루를 마친다.

24
어떤 선물

그를 처음 본 건 몇 달 전이었다. 집 앞 지하도를 건너던 늦은 오후, 햇빛은 서쪽으로 기울어 흘러내리고 있었고, 지하도 안은 바람도 빛도 닿지 않는 듯 싸늘했다. 사람들은 발걸음을 재촉하며 회색 통로를 빠져나갔다. 아무도 멈추지 않았다.

그때 나는 그를 짠하게 바라보았다. 신문지를 깔고 그 위에 몸을 눕힌 채, 마치 비에 젖어 잊힌 우산처럼, 수많은 길을 건너다 결국 버려진 낡은 여행 가방처럼, 세상에서 한참 전 밀려나 더는 돌아갈 자리를 잃어버린 물건 하나처럼 보이는 한 사람을.

나는 잠시 멈춰 서서 그를 바라보다가, 그냥 지나칠 수 없음을 깨달았다. 가슴 한쪽이 알 수 없는 무게로 당겨졌다. 조심스레 그를 깨우자, 그는 희미한 신음을 내며 눈을 떴다. 이어 중얼거림이 흘러나왔지만, 부서진 언어의 파편 같아 알아들을 수 없었다.

그날 이후 나는 그에게 밥을 날랐다. 처음엔 작은 플라스틱 용기 몇 개, 따뜻한 국이나 편의점 삼각김밥을 건넸다. 첫날엔 경계하던 눈빛이었고, 둘째 날엔 어리둥절한 얼굴이었다. 그러다 어느 순간부터 그는 작게 고개를 숙였다. 나는 이름도 모른 채 그를 '누군가'로 받아들이기 시작했다.

가끔 정신이 돌아오면 그는 자신이 기초 생활 수급자였다고 했다. 하지만 지금은 어떤 기록도, 거주지도 증명할 서류도 없다고 했다. 나는 그를 데리고 주민센터로 갔다. 뭔가 해결될지도 모른다고 생각했다.

회색의 행정복도. 주민센터는 오래된 먼지와 종이 냄새가 섞인 곳이었다. 번호표를 들고 나란히 앉아 기다리며, 나는 괜히 주위를 둘러보았다. 사람들이 우리를 보는 시선이 칼끝처럼 느껴졌다.

직원은 서류를 넘기다 고개를 들었다.

"수급자였던 건 맞는데요, 다시 신청하려면 거주지와 병력을 증명할 서류가 필요합니다."

그는 잠시 나를 바라보더니 낮게 말했다.

"제가 수급비를 타면 … 갚을게요. 방을 얻어주세요. 몸이 아파요."

그 말을 듣는 순간 머릿속이 하얘졌다. 고시원 한 달 월세가 삼십오만 원. 만약 수급비가 나오지 않는다면, 그 돈은 어떻게 해야 할까? 불안이 밀려왔지만, 동시에 '이 사람이 나를 이렇게까지 바라볼 수밖에 없구나'라는 생각이 가슴을 먹먹하게 했다. 나는 결국 고개를 끄덕였다. 두려움 속에서, 한편으론 기도하듯 다짐하며.

우리는 병원을 전전하며 진단서를 뗴었다. 낡은 건물 복도를 오르내릴 때마다 그의 숨은 점점 거칠어졌다. 나는 서류 봉투를 꼭 쥐고 물었다.

"정말 수급비가 나올까요?"

직원은 애매하게 웃으며 "한 달 정도 기다려 보라"고 했다. 희망인지 회피인지 모를 그 웃음이 내겐 유난히 길게 느껴졌다.

그날 우리는 주민센터 근처의 허름한 식당에 들렀다. 주인은 그를 보는 순간 얼굴이 굳었고, 말없이 밥상을 내오면서도 눈살을 찌푸렸다. 나는 모른 척했지만 마음 한켠이 찢어졌다. 세상은 이렇게 손쉽게 경계와 거부를 표한다는 걸 새삼 깨달았다.

우리는 말없이 밥을 먹었다. 그의 젓가락은 느렸고, 국을 뜰 때마다 손이 가늘게 떨렸다. 오랜 굶주림과 병이 남긴 흔적 같았다. 식당을 나서는데, 그가 갑자기 내 팔을 건드렸다. 손에는 담배 한 개비가 들려 있었다.

"저 … 드릴 건 이거밖에 없어요. 고마워서요."

나는 말문이 막혔다. 아, 이 사람은 지금 자기에게 남은 전부를 내게 건네는구나. 오래된 점퍼, 해진 운동화, 그리고 마지막 남은 담배 한 개비. 그 선물은 내가 살아오며 받은 것 중 가장 귀했고, 가장 순수했다.

그가 고시원에 들어간 뒤 나는 가끔 반찬을 사 들고 갔다. 삶은 달걀, 김치, 작은 국 한 통. 그는 고맙다는 말을 내게 하려다 혼잣말로 잠겨버리곤 했다. 나는 바랐다. 하루 세끼를 따뜻하게 먹고, 밤마다 벽을 바라보며 조금이라도 마음이 가라앉기를. 그러나 그 소망조차 사치처럼 느껴졌다.

어느 날 그는 불쑥 말했다. 젊을 땐 공장에도, 건설 현장에도 섰다고. 하지만 몸이 아프고 결국 모든 것을 잃었다고. 그 목소리는 바람 빠진 풍선 같았다. 나는 들을 뿐이었다. 어떤 말도 이 삶을 되돌릴 수 없을 것 같았다.

한 달도 채 지나지 않아 고시원 주인이 연락해 왔다. 다른 손님들이 불편해한다는 것이었다. 밤마다 벽을 두드리고 낮에는 복도를 서성거린다고. 나는 서둘러 갔고, 그에게 사정을 전했다. 그는 돌연 소리쳤다.

"언제는 들어오라 하더니 이제 나가라 해?"

욕설이 이어졌지만 나는 아무 대꾸도 할 수 없었다. 그의 분노가 어디를 향하는지 알 것 같았다. 세상은 그를 끝없이 밀어냈고, 나는 그 마지막 밀어내는 손이 되어버린 듯했다.

그래도 나는 다시 방을 구했다. 길 건너편의 또 다른 고시원이었다. 그는 무심한 얼굴로 나를 따라왔다. 욕을 한 것도 잊은 듯했지만, 어쩌면 기억하면서도 더는 감당할 수 없어 마음을 닫아버린 것일지도 몰랐다.

나는 그를 한 달만 더 붙잡아 두고 싶었다. 그 한 달이 기적을 만들어주기를 간절히 바랐다. 그러나 그 한 달이 되기도 전에 그는 떠나버렸다. 아무 말도, 아무 흔적도 남기지 않고 사라졌다. 고시원 주인은 전화를 걸어와 방을 빼 달라고 했다.

나는 방으로 올라가 문을 열었다. 냉장고 안에는 내가 가져다준 반찬이 그대로 남아 있었다. 국그릇 위에 하얀 김이 아직 피어날 것처럼, 손도 대지 않은 채 그대로였다. 수건과 옷가지도 고요히 쌓여 있었다. 그 방 안은 마치 시간이 멈춰버린 듯했다.

나는 한참을 서 있었다. 마치 내가 떠나온 세상과 그가 떠나간 세상이 교차하는 순간 같았다. 가슴이 조용히 아팠다.

그때 문득 떠올랐다. 그가 내게 건넸던 담배 한 개비. 아직도 내 서랍 어딘가에 있다. 낡은 종이 껍질은 조금 찢어지고 색이 바랬지만, 여전히 그때의 체온을 간직한 채로.

그것은 내가 살아오며 받은 가장 귀한 선물이 되었다. 가장 가난한 사람이 내민 가장 순전한 마음. 세상은 그를 잊었을지 몰라도 나는 기억한다. 부서진 언어, 허기진 눈빛, 그리고 마지막의 감사 표시였다.

나는 끝내 그를 구해내지 못했다. 어쩌면 누구도 그럴 수 없었을지 모른다. 그러나 그가 내게 준 그 한 개비의 담배는 내 삶을 구해냈다. 마음 한쪽에 작은 불씨를 남겼다.

사람이 가장 가난해질 때조차 건넬 수 있는 무언가가 있다는 것, 그 마음 하나가 누군가를 살게 할 수 있다는 것. 나는 여전히 그를 떠올린다. 지하도의 차가운 바닥, 주민센터의 회색 벽, 좁은 식당의 따가운 시선 속에서. 그 담배 한 개비의 온기와 무게를 기억한다.

그 불씨는 지금도 내 안에서 꺼지지 않는다. 나는 종종 생각한다. 그때 내가 더 할 수 있었을까. 조금만 더 머물러주고 붙잡아줄 수 있었을까. 그러나 그 질문은 끝내 허공에 메아리칠 뿐이다. 어쩌면 구원이라는 말은 너무 쉽게 쓰이고, 우리 대부분은 누군가의 전부가 되기엔 한없이 작은 존재인지도 모른다.

그런데도 그는 내게서 아무것도 빼앗지 않았다. 오히려 마지막을 떼어내어 건넸다. 그 담배 한 개비. 말 없는 고마움이자 조용한 존엄, 아직 인간임을 증명하는 마지막 선언이었다.

그 선물 앞에서 나는 부끄럽고, 또 감사했다. 삶이 외면당했음에도 그는 끝내 '주는 사람'이기를 포기하지 않았다. 그래서 나는 조용히 기도한다. 아직 어딘가에서 살아 있다면 부디 따뜻한 잠자리를 얻어 쉬고 있기를. 이미 세상을 떠났다면 더는 추위와 배고픔과 쫓겨남이 없기를. 그가 그냥 흘렸던 얘기가 고요 속에서 다시 언어를 되찾기를.

그날 이후 나는 알았다. 삶을 이어 가게 하는 마지막 희망은, 가진 것을 다 잃어도 건넬 수 있는 한 줌의 마음이라는 것을. 그 마음이 담배 한 개비처럼 작아 보여도 받는 이에게는 세상을 새롭게 바라보게 할 수 있다는 것을.

오늘도 나는 천천히 되뇐다. 가장 귀한 선물은 모든 것을 잃은 사람이 마지막으로 내미는 마음이었다는 것을. 그 마음 하나가 나를 지금까지 살아오게 했음을. 그리고 언젠가 나 또한 누군가에게 내 남은 것을 다 모아 건네줄 수 있기를.

25
레겐다

밤이 깊어가는 불면의 밤이었다. 잠들지 못한 채 휴대전화를 들고 이리저리 SNS를 넘기던 나는 문득 낯선 단어 하나와 마주쳤다. "Legenda." 오래된 비석에 새겨진 문양처럼 묵직한 기운을 풍기는 음절이었다. 누군가가 짧게 남긴 문장 속에서 그 단어가 홀연히 빛나고 있었다. 뜻을 확인해 보니 이렇게 적혀 있었다.

레겐다; 전설을 뜻하는 라틴어. 어원적 의미는 '읽히게 되어 있는 것'이다. 짧은 문장이었지만 나는 한동안 스크롤을 멈춘 채 그 말을 들여다보았다. "읽히게 되어 있는 것", 그 단순한 정의가 이상하게 마음을 붙잡았다.

세상에는 수없이 많은 정보가 흘러간다. 클릭 한 번으로 새로운 글과 이미지가 쏟아지고, 스쳐 가는 단어들은 쉽게 잊힌다. 그런데 이 낯선 음절은 마치 오랜 시간 나를 기다리고 있던 듯 고요히 서 있었다.

푸코의 문장도 내 마음을 단숨에 사로잡았다. 지식이란 단순히 눈으로 확인하거나 증명하는 것이 아니라, 해석되는 순간 비로소 살아난다는 통찰. 우리가 텍스트를 읽을 때 단순히 정보를 습득하는 것이 아니라 자기 삶의 좌표를 다시 세우듯 해석한다는 말.

아마도 레젠다란, 읽히기를 기다리는 존재일 것이다. 단순히 종이 위에 눌러쓴 기록이 아니라, 누군가의 시선과 마음을 기다리며 의미를 되살릴 준비를 하는 특별한 이야기일 것 같다.

나는 머릿속에서 오래된 수도원의 장면을 그려 보았다. 차가운 돌바닥 위에 촛불이 흔들리고, 규칙적으로 종소리가 울린다. 깊은 새벽, 몇몇 수도사들이 책상에 앉아 묵묵히 펜을 움직인다. 그들의 앞에는 "Legenda"라는 머리말이 새겨진 필사본이 펼쳐져 있을 것이다.

그 책에는 성자의 일대기와 기적, 마을을 지탱해 온 작은 이야기들이 담겨 있었으리라. 그러나 그것은 단순한 기록이 아니었다. 읽을 때마다 새로운 의미를 길어 올리고, 매일의 삶을 붙들어 주는 영혼의 끈이었다. 수도사들은 같은 문장을 되풀이해 읽었겠지만, 날마다 다른 해석을 발견했을 것이다.

그저 존재하는 것이 아니라, 누군가의 눈과 마음을 통해 해석될 때 살아난다. 그때 텍스트는 단순한 과거가 아니라 현재가 되고, 삶의 한 조각이 된다.

잃어버린 '읽어야 할 것'에 대해 생각해 본다. 현대인은 하루에도 핸드폰에 의지해 수천 개의 문장을 스친다. 핸드폰의 알림으로 쏟아지는 뉴스, 소셜 미디어의 짧은 글들, 실시간으로 바뀌는 검색어들. 우리는 끊임없이 읽지만, 정작 읽어야 할 것은 점점 사라져 간다. 깊이 해석할 틈조차 없이 '좋아요'와 '스크롤' 속에 흘려보낸 말들이 산처럼 쌓인다.

나 역시 작가로 살아가며 이런 회의를 느낀 적이 있다. 내가 쓰는 글은 잠깐 사람들의 피드를 채우다가 곧 묻혀 버리는 건 아닐까. 한때 많은 이들이 감탄하며 읽었지만, 이내 잊히고 다른 유행에 밀려나는 문장들처럼 사라지는 건 아닐까. 하지만 그날, '레겐다'라는 단어를 마주한 이후 나는 다시 묻게 되었다.

이 글은 누군가의 삶 속에서 해석될 수 있을까?

읽히기를 기다리는 무언가로 남을 수 있을까?

글을 쓴다는 것은 어쩌면 아직 만나지 않은 독자의 시간을 믿는 일인지도 모른다. 언젠가 어떤 이가 나의 문장을 읽어낼 것이고, 그 순간 그 문장은 비로소 살아날 것이라는 믿음. 그것이 없다면 글쓰기는 금세 공허해질지도 모른다.

얼마 전, 좁은 골목에 숨어 있는 오래된 헌책방을 찾은 적이 있다. 낡은 책 냄새가 가득한 그 공간은 마치 시간의 먼지를 머금은 듯 고요했다. 천천히 서가를 훑던 나는 우연히 한 권의 오래된 문고판 시집을 꺼냈다. 표지는 때가 꼬질꼬질했고 모서리는 닳아 있었다. 그 순간 책방 주인이 다가와 빛바랜 표지를 손끝으로 쓸며 말했다.

"참 신기하죠. 책이 오래될수록 누가 읽었는지 흔적이 남아요. 어떤 문장은 사람을 건너다니며 계속 다른 의미를 얻거든요."

그는 내 손에 들린 책을 살짝 뒤집어 보더니 은은한 미소를 지었다.

"우리가 파는 건 종이 묶음이 아니에요. 누군가가 해석을 덧입힌 시간이에요. 그게 책을 살려 놓죠. 손님도 언젠가 어떤 문장에 구해진 적 있나요?"

나는 순간 대답하지 못했다. 하지만 곧 오래전의 한 문장이 떠올랐다. 한때 글을 포기하고 싶었던 날, 한 문장이 내 어깨를 붙잡아 세웠다. "사람은 쓰러진 채로도 꿈을 꾼다." 그 문장을 읽던 그때의 나를 잊을 수 없다. 책방 주인의 물음은 그 기억을 불러냈고, 오래전 내가 받았던 위로가 새삼스럽게 살아났다. 후일, 알고 보니 그는 젊은 시절 한때 신춘문예까지 당선한 **작가였다. 그가 왜 헌책방 주인으로 사는지는 그 사연은 끝내 듣지 못했다.

그의 조용한 한마디는 오래된 책방을 하나의 레겐다의 공간으로 바꾸어 놓았다. 책은 여전히 사람들을 기다리고 있었고, 그 기다림 속에서 살아 있었다. '레젠다'는 화려한 전설이 아니라, 누군가의 지친 하루를 건너게 하는 한 문장일 수도 있다.

한 권의 낡은 책 속에서 세대를 이어 해석되는 그 힘이야말로 진정 살아 있는 지식이다. 책장은 누렇게 바래고 활자는 흐릿해졌어도, 그 문장은 여전히 새로운 숨결을 품는다. 과거의 독자가 덧입힌 생각 위에 오늘의 독자가 또 다른 의미를 쌓아 올리고, 내일의 독자는 그 위에 새로운 빛을 비춘다. 그렇게 오래된 언어는 단순한 기록을 넘어, 시대와 사람을 건너 살아남는다.

작가로 산다는 것은 때때로 무력해진다. 세상은 너무 빠르게 흘러가고, 어제의 열망이 오늘의 속보에 묻히며, 모든 것은 금세 잊힌다. 내 문장이 이 거센 흐름 속에서 사라질까 두렵기도 하다. 그러나 나는 이제 알고 있다. 한 줄의 문장도 누군가의 가슴에 닿아 새로운 해석으로 다시 태어날 수 있다는 것을. 독자의 시선 속에서 나의 문장은 다른 삶을 얻고, 다른 시간 속에서 또다시 살아난다. 이 깨달음은 나를 지탱하는 비밀스러운 힘이 된다. 세상이 아무리 속도를 더해도, 해석하는 마음이 있는 한 문장은 소멸하지 않는다. 그것은 다시 읽히고, 다시 숨 쉬며, 누군가의 세계를 조금씩 바꾼다. 작가가 지닌 가장 큰 희망은 바로 그 느리고 조용한 생존의 방식일 것이다.

  그렇다고 내가 쓰는 글이 반드시 전설이 될 필요는 없다. 다만 어떤 하루를 살아내는 누군가에게 잠시 빛이 되어 준다면, 그것으로 충분하다. 그것이야말로 나에게 주어진 작가라는 일의 본질일지도 모른다.

  푸코가 말한 것처럼 지식은 보는 것도, 증명하는 것도 아닌 해석이다. 그리고 누군가의 해석을 기다리는 텍스트가 바로 '레겐다'다. 나는 가끔 해석을 기다리는 오묘한 문장도 쓰고 싶다. 언젠가 어느 독자의 손에 들려, 그의 눈길 속에서 다시 태어날 수 있는 그런 문장을.

  혹시 당신도 나처럼 무심히 SNS를 넘기다 이 글을 발견했을지도 모른다. 만약 그렇다면, 이 만남 자체가 하나의 작은 '레겐다'가 되길 바란다. 당신의 마음속 어딘가에서 오래 묻혀 있던 이야기 하나를 불러내고, 자신만의 삶을 다시 해석해 볼 힘을 건네주기를 바란다.

  세상은 잊히는 말들로 가득하다. 그러나 우리는 여전히 읽어야 할 것을 찾고, 해석하며, 다시 전한다. 그것이 우리를 사람답게 만드는 작은 기적이다.

  오늘 이 글이 당신의 책상 위에 잠시 놓였다면, 그것으로 나는 충분하다. 어쩌면 바로 지금이 당신만의 '레겐다'가 시작되는 순간일지도 모른다.

26
노트북

 바람이 분다. 어제의 바람과는 전혀 다르다. 습기와 찐득함을 모두 걷어 낸 맑고 시원한 바람이었다. 어느새 여름이 저물고, 가을을 알리는 기척이 창문을 스친다. 하늘은 하루가 다르게 높아지고, 햇살은 조금씩 부드러워지고 있었다. 나는 그 변화를 유난히 민감하게 느낀다. 계절의 첫 움직임을 알아차리는 일은, 오래 글을 쓴 사람의 손끝에서 감지되는 자판의 차가운 온도 덕분일지도 모른다.

 나는 바람을 특히 좋아한다. 세상에는 수많은 바람의 이름이 있지만, 그중에서도 소슬바람을 꼭 한 번은 언급하고 싶다. '소슬'이라는 단어가 주는 어감은 왠지 나와 닮았다. 소소하고 슬슬 움직이는 듯, 조용히 그러나 사라지지 않는 존재감. 바람에 실려 오는 냄새와 온기를 느끼며 글을 쓰는 일은 내게 오래된 의식이자, 작은 기도와도 같다.

 그래서일까. 오늘도 창밖의 하늘을 한참이나 바라보다가, 문득 길이 막혀 접어 두었던 글을 다시 매만져야겠다는 생각이 들었다. 나는 늘 자판에 손을 얹기 전에 좀은 어슬렁거리는 버릇이 있었다.

노트북은 참 오래된 친구였다. 나와 함께한 지 벌써 십오 년이 훌쩍 넘었을 것이다. 처음 이 노트북을 살 때 나는 무척 큰 결심을 했다. 이제는 글을 생업으로 삼아야겠다고, 흔들리지 않고 나아가겠다고 다짐했다. 그때의 나는 모든 것이 두려웠다. 불안정한 수입, 끝없는 원고 수정, 출판사의 문턱에서 번번이 돌아서야 했던 기억들. 그러나 글을 버릴 수 없었다. 글만은 나를 버리지 않는 듯했기 때문이다. 그래서 어려운 형편이었지만 독하게 마음을 먹고 산 것이 바로 이 노트북이었다.

다른 프로그램은 거의 쓰지 않았다. 오직 글을 쓰고 저장하며, 메일로 원고를 보내는 데만 사용했다. 오래된 키보드는 두드릴 때마다 제법 익숙한 타이핑 소리를 냈다. 그 소리는 내게 응원의 북소리 같았다. 글이 잘 써지는 날에는 그 소리가 경쾌한 비트처럼 들렸고, 또 어떤 날은 내 컨디션에 따라 속도를 낮추기도 했다.

글이란 참 묘하다. 어떤 날은 마치 접신이라도 한 듯 처음부터 끝까지 쏟아져 나오곤 한다. 내 손가락이 내 것이 아닌 듯, 한 문장 한 문장이 생생하게 살아나는 순간이 있다. 그날도 그랬다. 심장이 두근거리며 자판을 두드리던 날이 있었다. 또 어떤 땐 몇 자 쓰지도 못한 채 멍하게 앉아 잡념에 빠지기도 했다. 언제나 그랬듯 잠시 숨을 고르듯 절전모드로 전환한 뒤 거실로 나가 커피를 내렸다.

헉.

그런데 돌아와 노트북을 열자마자 가슴이 철렁 내려앉았다. 아무리 전원 버튼을 눌러도, 아무리 엔터를 두드려도 화면은 묵묵부답이었다. 아예 자판에 불조차 들어오지 않았다.

순간 온몸에서 피가 빠져나가는 기분이었다. 손끝이 서늘해지고, 목이 바짝 말랐다. 심장이 한 박자 늦게 뛰다가 허공으로 떨어지는 듯했다. 혹시 저장해 두었던 내 글이 한순간에 다 날아가 버린 건 아닐까? 오랫동안 써 내려온 문장들이 연기처럼 흩어져 버린 건 아닐까? 머릿속이 하얗게 비어 버렸다. 마치 누군가 내 삶의 한 부분을 통째로 도려간 듯한 허전함이 몰려왔다. 조금 전 쏟아지려던 문장들이 미처 태어나지도 못한 채 공중에서 산산이 부서져 내렸다.

나는 필사적으로 다시 전원을 눌렀다. 길게, 짧게, 여러 번. 충전도 확인했다. 화면은 여전히 아무것도 보여주지 않았다. 분노와 공포, 절망이 뒤섞여 몸속을 마구 휘젓고 다녔다. 이 노트북은 단순한 기계가 아니었다. 지난 세월 동안 나의 실패와 희망, 고독과 기쁨을 함께 견뎌 준 동반자였다. 그런데 그 친구가 한순간에 죽어 버린 것이다.

'다시 쓸 수 있을까? 같은 열정으로, 같은 감정으로?'

'아마 불가능할 것 같은데? 글은 늘 한순간에만 존재하는 생명체 같으니까.'

수십 갈래의 생각이 한꺼번에 밀려왔다. 설마 이참에 절필하라는 경고인가? 아니면 더 열심히 쓰라고 따귀라도 한 방 날리는 것일까. 머릿속에서 수천 개의 문이 동시에 닫히는 소리가 들리는 듯했다.

나는 끝내 포기하지 못하고 자꾸만 버튼을 눌러댔다. 급기야 노트북을 들고 이리저리 앞뒤를 살폈다. 고장의 원인을 내가 알아낼 리는 없다는 걸 알면서도. 그저 무언가를 해야만 할 것 같았다. 그렇게 하지 않으면 내 모든 글이 사라지는 이 현실을 받아들일 수 없을 것 같았다.

그때 초인종이 울렸다. 정확히 말하면, 세차게 울린 것은 아니었다. 생각에 너무 깊이 잠겨 있었던 탓일 것이다. 나는 순간적으로 예민해져서 거의 전투적으로 현관문 앞에 섰다.

"누구세요?"

목소리가 날카롭게 튀어나왔다. 적의를 품은 듯한 말투였다.

"이모, 나야."

문밖에서 들려온 조카의 목소리를 듣자마자, 나는 뛰쳐나가 조카의 손을 끌고 들어왔다.

"노트북이 고장 났어. 얘기는 나중에 하고 이것부터 좀 봐 봐!"

평소 나답지 않게 호들갑을 떨자, 조카는 어이없는 표정으로 피식 웃었다. 거의 울상에 가까운 얼굴로 말했으니 당연했다. 그녀는 노트북을 살펴보기 시작했다. 한참을 만지작거리더니, 아무래도 자기도 모르겠다는 표정이었다. 시계를 힐끔 보더니 다급하게 말했다.

"이모, 지금 몇 시지? 나 약속 있는 거 깜빡했어. 좀 있다가 다시 올게."

그리고는 후다닥 나가버렸다. 문이 닫히는 소리가 유난히 공허하게 울렸다.

나는 그 자리에 멍하니 앉아 있었다. 커피는 이미 식어 버렸다. 갑자기 모든 것이 시들해졌다. 노트북이 고장 나니 온 세계가 다 멈춘 듯 허전했다. 괜히 핸드폰을 열었다 닫았다. 혹시 유튜브를 켜서 고치는 법을 찾아볼까도 생각했지만, 금세 포기해 버렸다. 아무리 설명이 자세해도 도통 무슨 말인지 알아들을 재간이 없을 테니까. 한참을 그렇게 앉아 있으니, 마치 세상에서 유일하게 고립된 사람처럼 느껴졌다. 창밖의 바람조차 내 곁을 스쳐 지나가는 낯선 존재처럼만 느껴졌다.

시간이 얼마나 지났을까. 계단을 오르는 소리가 귀에 익었다.

띠. 띠. 띠. 이번엔 내가 문을 열기도 전에 조카가 먼저 들

바람의 서곡

어섰다.

  그녀는 커다란 상자를 들고 있었다. 한눈에 알아볼 수 있는 S자 은빛 로고가 반짝였다. 방으로 들어온 조카는 바삐 포장을 뜯었다. 윤이 반짝이는 새 노트북이었다.

  그 순간, 방 안의 공기가 달라졌다. 새 은빛 표면이 햇살을 받아 조용히 빛났다. 마치 내 삶에 한 줄기 새로운 문이 열리는 듯한 환한 빛이었다. 조금 전의 불안이 그 빛 아래에서 서서히 녹아내렸다. 키보드를 조심스럽게 눌러 보았다. 손끝에 닿는 감촉마저 새로웠다.

  조카는 고장 난 노트북을 서비스센터에 맡겨 바탕화면에 저장된 파일을 USB로 옮겨 새 노트북에 그대로 옮겨 주겠다고 했다. 그제야 나는 안도의 숨을 내쉬었다. 조카는 경쾌한 발걸음으로 다시 계단을 내려갔다.

  나는 말없이 그 뒷모습을 바라보았다. 그녀는 내게 글을 써 보라고 강력히 권유했던 한 사람이었다. 아마 조카가 없었다면, 글을 쓴다는 사실조차 아득히 잊고 살았을지도 모른다. 아무리 생각해도 고마운 조카다. 그나저나 노트북을 산다고 목돈을 썼을 텐데, 용돈이라는 명목으로 되돌려줘야 할 것 같다.

  새 노트북의 향기가 온 방 안에 퍼진다. 갑자기 방이 꽉 찬 듯한 기분이다. 아무것도 먹지 않아도 배가 부를 것 같았다. 갑자기 울프의 말이 스쳤다.

"여성이 소설을 쓰려면 돈과 자기만의 방이 필요하다." 그 말에 나는 격하게 공감하며 무릎이라도 치고 싶었다. 글을 쓰려면 노트북을 돈과 방이 필요하다. 물론 그뿐만은 절대 아니겠지만.

저녁 바람이 선선하게 불어온다. 잠시 전의 해프닝이 거짓말처럼 가라앉았다. 하루에도 몇 번씩 절망과 희망이 오락가락하는 것이 어디 작품 속뿐이겠는가. 아직은 무명 작가로 살아가는 길이 지난 할 것임을 안다. 그러나 오늘 나는 알았다. 조카의 따뜻한 배려가 나를 다시 쓰게 만든다는 것을.

새 노트북의 자판 위에 손을 얹는다. 가볍게 눌러본 키마다 묘한 울림이 온다. 심장이 다시 뛴다. 아직 쓰이지 않은 언어의 숨결이 내 안에서 서성인다. 곧 이곳에서, 아직 세상에 없던 문장이 첫 숨을 내쉴 것만 같다.

27
새벽 산책

낮 동안은 산책할 틈이 전혀 없다. 주차장 근무와 글쓰기, 사람들과의 만남으로 하루는 순식간에 소음으로 채워진다. 내게 필요한 고요는 늘 뒤로 밀려난다. 그래서 선택한 것이 새벽 산책이다. 특별한 일이 없는 한 새벽 세 시쯤, 세상과의 약속을 잠시 미룬 채 나는 집을 나선다. 모든 소리가 눕고, 시간마저 쉼 호흡을 하는 듯한 순간. 어둠 속에서 오롯이 나 자신이 된다.

집 근처 공원으로 향하는 발걸음은 서두를 이유가 없다. 천천히, 아주 천천히. 그 시간의 공기는 낮보다 맑고 차가워 내 몸 깊숙이 스며든다. 가로등의 빛은 길 위에 부드러운 원을 그리고, 발소리는 내 작은 음악이 된다. 간혹 멀리서 청소차의 엔진음이나 첫 기차 소리가 스며드는 정도다. 세상이 잠든 동안 나는 나를 깨운다.

이른 시간이라고 해서 아무도 없는 것은 아니다. 새벽의 길 위에는 매번 작은 친구들이 기다리고 있다. 길냥이들이다. 저음엔 우연히 마주쳤다. 하지만 어느새 서로의 하루에 자리 잡았다. 나는 사료와 물을 챙겨 나간다. 가끔 깜빡 잊기도 하지만, 그럴 때면 이상하게 허전하다.

그들은 내 발소리를 아는 듯하다. 골목 그림자 속에서 천천히 나타나 한 마리, 두 마리 모습을 드러낸다. 한 녀석은 내 앞에 드러눕듯 배를 까뒤집고, 안아달라는 듯 몸을 굴린다. 나는 웃으며 손끝으로 그 부드러운 털을 쓸어 준다. 말 없는 교감이지만 그만큼 깊다. 나를 조용히 위로하는 힘이 그들에게 있다.

처음부터 이 친밀함이 있었던 건 아니다. 고양이는 경계심이 많은 동물이다. 한동안은 멀찍이 서서 나를 지켜보았다. 그러나 시간이 흐르자 그들의 마음이 조심스레 열렸다. 눈빛과 몸짓이 만들어낸 언어. 말보다 더 솔직하고 따뜻한 소통이다. 그들의 침묵 속에 담긴 신뢰를 느낄 때면 묘한 감동이 스며든다.

하루 중 가장 자유로운 시간도 새벽이다. 그 시간엔 누구도 나를 방해하지 않는다. 휴대폰도, 의무도 잠들어 있다. 나는 그 시간에 글을 생각한다. 오늘 쓸 장면을 마음속에 그려보고, 내일로 넘어갈 줄거리를 조용히 예행연습한다. 때론 소설과 상관없는 사소한 생각들이 떠오르기도 한다. 삶의 걱정, 어제의 후회, 내일의 계획 …. 그것들이 안개처럼 피어올랐다.

그렇게 걸으며 사유하다 보면 어느새 공원을 한 바퀴 돌고 있다. 어제와 같은 길이지만, 내 마음은 매번 조금씩 달라져 있다. 걸음은 반복이지만, 그 반복이 나를 조금씩 다져준다.

그럴 때 문득 떠오르는 작가가 있다. 일본의 무라카미 하루키. 그는 젊은 시절 도쿄에서 **재즈 바 '피터 캣' **을 운영하던 청년이었다. 소설과는 아무 상관 없어 보이는 삶. 그런데 1978년 어느 봄날, 요미우리 자이언츠의 야구 경기를 관람하던 중 갑자기 "소설을 쓰자"는 번갯불 같은 직감을 얻었다고 한다. 그날 그는 집에 돌아와 첫 장편 『바람의 노래를 들어라』를 써 내려가기 시작했다. 평범한 청년의 일상은 그렇게 문득, 한 권의 책으로 열렸다.

그는 이후 『양을 쫓는 모험』, 『노르웨이의 숲』, 『태엽 감는 새』, 『해변의 카프카』, 『1Q84』 등으로 세계 문학의 지형을 바꿔 놓았다. 하지만 더 인상적인 건 그의 창작 태도다. 하루키는 장편을 쓸 때 매일 새벽 네 시에 기상해 다섯 시간 이상 집필하고, 오후엔 열 킬로미터를 달리거나 수영을 한다. 그리고 밤 아홉 시면 잠자리에 드는 단순하지만 엄격한 루틴을 수십 년째 유지하고 있다. 그는 "소설을 완주하려면 체력이 필요하다. 반복이 작가를 만든다."라고 말한다. 긴 호흡의 이야기를 끝까지 밀어붙이려면 신체적 · 정신적 내구력이 필요하다는 걸 몸으로 증명해온 셈이다.

그의 작품 속에는 늘 경계와 이중 세계가 등장한다. 현실의 문틈을 열면 신비하고 기묘한 공간이 숨어 있고(『태엽 감는 새』의 우물, 『1Q84』의 두 달), 외로운 인물들은 음악과 기억을 따라 그 세계를 건너간다. 그는 재즈와 클래식을 즐겨 들으며 문장을 만든다. 실제로 그의 책 곳곳에는 비틀즈, 라디오헤드, 모차르트, 마일스 데이비스가 흐른다. 음악은 그의 문장에 리듬을 부여하고, 독자는 그 리듬에 이끌려 그의 세계로 들어간다.

하루키는 일본 문학계에서 보기 드문 번역가 출신의 세계인이기도 하다. 피츠제럴드, 카버, 샐린저 등 미국 문학을 번역하며 자기 문체를 단련했다고 고백한다. 이국의 리듬을 받아들이고, 자신만의 목소리로 재조립해냈다. 그래서 그의 소설에는 서양과 동양, 현실과 환상, 고독과 유머가 교차하는 독특한 공기가 흐른다.

나는 달리기를 즐기지 않는다. 뛰는 것보단 이렇게 천천히 걷는 게 좋다. 그러나 어쩌면 나에게 새벽 산책은 하루키에게 달리기와 같은 의미일지 모른다. 그는 달리며 자기 이야기를 견디는 힘을 얻었고, 나는 걸으며 내 이야기를 이어갈 용기를 얻는다. 문장도, 삶도 결국 일정한 리듬과 체력의 문제일지도 모른다.

산책길의 나무와 이름 모를 꽃들은 내가 흘리는 독백을 들어준다. 그러나 가장 귀를 쫑긋 세우는 존재는 길냥이들이다. 그들은 주인도 집도 없이, 하루하루를 낯선 세상 속에서 살아간다. 어쩌다 마주치는 사람들에게서 사료 몇 줌 얻어먹고, 벤치 아래에서 잠시 몸을 뉘며 겨울밤을 버틴다. 하지만 그들의 표정에는 어둠이 없다. 불평도, 욕심도 없어 보인다. 그저 주어진 순간을 조용히 살아낸다.

내가 가져온 사료를 부어주면 그들은 조용히 다가와 꼬리를 한껏 들어 올린다. 감사의 인사를 보내는 듯하다. 그리고 고개를 수그리고 착하게 먹는다. 그 모습이 어쩐지 나를 위로한다. 삶이란 결국 주어진 것에 감사하며 하루를 살아가는 일일지도 모른다는 생각이 든다. 가끔은 그 고양이들에게서 나 자신을 본다. 불안과 고독을 품고 있으면서도 묵묵히 하루를 이어가는 나를.

새벽 산책은 단순한 운동이 아니다. 그것은 내 영혼의 작은 쉼터다. 세상의 속도에서 잠시 벗어나 내 마음을 만지는 의식이다. 돌아오는 길은 언제나 상쾌하다. 공기를 가득 마신 폐가 가볍고, 생각이 정리된 머리가 청명하다. 자연과 접하고 돌아오는 마음 자체가 이미 좋은 기운으로 가득 차 있다. 그렇게 나는 다시 힘을 얻어 새로운 하루를 연다.

무라카미 하루키가 매일 달리며 장편 소설을 완주하듯, 나도 새벽 산책으로 나의 하루를 연습한다. 그는 재즈와 문학,

외국어와 번역, 그리고 고독한 달리기로 자신만의 세계를 세웠다. 나는 그처럼 거창하지 않을지라도, 이 조용한 산책 속에서 내 이야기를 세우고 지금 쓰고 있는 장편의 인물들에게 들려줄 문장을 빚는다. 서로 다른 길이지만, 우리가 찾는 것은 같을 것이다. 자신을 잃지 않으려는 의지, 그리고 그 길 위에서 다시 쓰고 살아내려는 힘.

새벽 산책보다 더 귀한 선물이 또 있을까. 걷는다는 단순한 행위가 이렇게 깊은 치유가 될 줄은 예전엔 몰랐다. 산책할 수 있다는 것이 얼마나 다행이고 감사한 일인지 새벽마다 깨닫는다. 주어진 이 모든 것. 걷게 하는 두 다리, 나를 기다리는 고양이들, 그리고 말 없는 새벽, 이 모두가 나에게는 축복이다.

그래서 오늘도 나는 어둠을 헤치고 길을 나선다. 아직 잠든 세상을 살며시 깨우며, 나를 다시 찾기 위해. 그렇게 걸어 돌아올 때마다, 나는 한결 부드럽고 단단해진다. 글을 쓸 힘도, 하루를 견딜 용기도 그 길 위에서 얻는다.

새벽 산책은 나에게 말한다.

"천천히, 그러나 단단히 살아가도 좋다."

그리고 나는 그 속삭임을 들으며 다시 오늘을 시작한다.

28
틈

 날이 밝으면 가장 먼저 내 눈에 들어오는 것은 차갑게 굳은 콘크리트 바닥이다. 하루에도 몇십 번, 차들이 들어오고 나가며 타이어로 바닥을 갈아댄다. 그 바퀴에 한순간이라도 깔린다면 연약한 풀잎은 그대로 죽음을 맞을 것이다. 내 눈에는 자동차가 거대한 괴물처럼 보인다. 그러나 그 괴물들이 드나드는 덕분에 나는 하루의 생계를 이어간다. 삶은 그렇게 모순 속에서 유지된다.
 그러다 문득, 내 시선을 붙잡는 것이 있다. 바늘 하나 겨우 들어갈 틈새, 그 갈라진 홈집 속에 초록빛이 살아 숨 쉬고 있었다. 바람이 지나가며 잎사귀를 어루만질 때, 그 떨림은 나를 부드럽게 흔들어 깨운다. 여리고 가냘픈 것들이 사실은 가장 강인하다. 뜨겁게 달군 바닥과 수없이 옆을 스쳤을 바퀴에도 굴하지 않고 뿌리를 내리고 다시금 일어선다. 풀은 노란 꽃송이를 내밀고 피었다가 조용히 진다. 알아달라고 외치지도 않고, 제 몫을 다하며, 한 해도 거르지 않고 끊임없이 살아낸다.

나는 그 앞에서 부끄러워진다. 나는 조금만 힘들어도 쉽게 포기하고, 작은 말 한마디에도 무너졌다. 그러나 저 풀은 틈을 발판 삼아 살아내고 있었다. 나는 깨닫는다. 틈은 상처가 아니라 생명의 입구라는 것을. 빛이 스며들고, 바람이 오가며, 생명이 자라나는 통로라니.

어릴 적, 할머니 댁에 가면 마당 한쪽 담벼락에 허물어진 담이 있었다. 비라도 오는 날엔 움푹 파인 그곳에 빗물이 가득 고이기도 했던 곳. 여름 방학이 끝날 즈음, 난데없이 핀 노란 채송화 무더기가 고개를 쑥 내밀곤 했다. 할머니는 그걸 뽑지 않으셨다. "저기서도 저렇게 살아보겠다고 피는 디, 어떡하든 살아야지 않겠냐." 그렇게 말씀하시곤 굽은 허리를 폈다. 어린 마음에 그 말이 잘 이해되지 않았지만, 지금 생각하면 틈은 곧 생명의 자리였다. 그 빈틈이 없었다면, 그곳에 꽃이 피었을 리 만무했다.

돌이켜보면, 내 삶도 수많은 틈으로 얼룩져 있었다. 엄마와 아빠 사이에서 생긴 균열, 자매 사이의 서운한 갈라짐, 친구와 연인에게서 느낀 작은 어긋남. 그 틈 앞에서 나는 자주 주저앉았다. 그러나 지금은 안다. 그때의 틈이 있었기에 내가 스스로 단단해지려 애썼고, 내 안의 감정이라는 씨앗을 품게 된 것임을.

한 번은 학교에서 상장을 받아 들고 집에 들어섰을 때였다. 엄마는 웃어주지 않았다. "언니는 피아노 콩쿠르에서 상을 받았는데, 넌 그 정도 했다고 그렇게 호들갑이니?" 그 말에 나는 울고 말았다. 그러나 그날의 눈물이 나를 지탱했다. 언니와 비교당한 상처가 깊었지만, 나는 결국 그 틈새에서 나만의 길을 찾으려 했다. 책 속으로, 글 속으로 들어갔고, 그것이 오늘의 나를 만들었다.

엄마의 편애 속에서 느꼈던 소외도, 결국은 나를 글과 책으로 몰아넣어 숨구멍을 찾게 했다. 어린 시절 책장을 붙잡고 읽던 시간이 없었다면, 나는 아마 그 답답함을 견디지 못했을 것이다. 책 속의 인물들은 나와 달리 자유롭게 말하고, 자기만의 색을 품고 있었고, 그들을 바라보며 나는 나만의 세계를 키워낼 수 있었다. 언니와 동생 사이에서 늘 밀려나 있던 경험은 상처였지만, 동시에 나 자신을 더 깊이 바라보는 눈을 길러주었다. '나는 왜 이렇게 서운할까, 왜 이렇게 혼자일까' 스스로에게 묻다 보니, 남의 감정을 헤아리는 감각도 조금은 자라났다. 친구와의 균열은 또 다른 배움이었다. 작은 오해 하나로 등을 돌렸던 날, 나는 밤새 베개를 적시며 울었다. 하지만 그 눈물은 내 감정의 무게를 알려주었고, 무엇보다 다시 다가가려는 용기를 심어주었다. 그 모든 틈은 아프고 쓰라렸지만, 바로 그 속에서 내 뿌리는 조금씩 깊어졌다. 깊어진 뿌리는 겉으로는 보이지 않지만, 언제든 나를 지탱해 주는 힘이 되었다.

   나는 가끔 이런 생각을 한다. "틈이 없다면, 우리는 서로를 마주할 수도 없을 것이다." 두 손바닥이 맞닿으려면, 그 사이에 반드시 보이지 않는 공간이 있어야 한다. 그것이 없으면 서로를 밀어내고 상처만 낼 뿐이다. 사람과 사람 사이의 틈도 그러하다. 너무 꽉 붙들면 상대는 숨이 막히고, 결국 질식해 버린다. 오히려 조금은 여백이 있어야 숨통이 트인다. 균열은 단순히 멀어짐만을 뜻하지 않는다. 오히려 그 틈 사이로 공기가 흐르고, 빛이 스며들며, 새로운 관계의 모양을 만든다. 마치 유리잔에 금이 갔을 때, 그 틈을 따라 빛이 퍼져나가듯이, 틈은 관계를 더욱 선명하게 보여주는 창이 되기도 한다. 우리는 그 균열 속에서 서로의 진짜 얼굴을 본다. 그래서 나는 이제, 관계 속의 간격을 무조건 두려워하지 않는다. 오히려 그 틈이 있어야 우리는 서로를 더 깊이 이해할 수 있다는 사실을 배운다.

   이제 나는 틈을 두려움으로만 보지 않는다. 풀잎이 그랬듯, 내 삶의 균열 역시 나를 숨 쉬게 하는 구멍이었다. 완벽하게 메워진 벽은 안전해 보이지만, 동시에 답답하다. 작은 틈이 있어야만 햇살이 스며들고, 바람이 스쳐 지나간다. 관계의 틈, 마음의 틈, 삶의 틈까지도 결국은 살아가는 숨통이 된다.

때로는 그 균열 속에서 오래도록 갇힌 울음이 흘러나오고, 미처 말하지 못한 진심이 새어 나오기도 한다. 그러니 틈은 단순히 파괴의 흔적이 아니라, 존재가 자기 숨을 되찾는 통로이기도 하다.

나는 여전히 빈틈 많은 사람이다. 조급할 땐 쉽게 흔들리고, 누군가의 말 한마디에 오래 앓기도 한다. 그러나 그 빈틈 사이로 빛이 스며들고, 바람이 드나든다. 때로는 누군가의 손길도 닿는다. 상처가 벌어진 그 자리에서 위로의 말이 흘러들기도 한다. 그렇기에 나는 오늘도 내 틈을 끌어안으며 살아간다. 내 허술함과 어리숙함은 나를 무너뜨리는 것이 아니라, 나를 살게 하는 구멍이다.

어리숙하게 산다 한들, 그것이 틈새에서 피어나는 숨결과 다르지 않으니 누가 뭐라 하겠는가. 오히려 그 어리숙함 속에서 삶은 다시 움튼다. 마치 바람결에 흔들리는 작은 풀잎이 뿌리 깊은 힘으로 버텨내듯, 나의 빈틈 역시 결국은 나를 지탱해 주는 또 하나의 힘이 된다. 틈은 부끄러움이 아니라, 나를 살리는 빛의 길이다.

29
눈물에 대한 단상

신이 인간에게 남겨둔 수많은 선물 중, 가장 투명하면서도 깊은 것은 아마도 눈물일 것이다. 색은 없지만, 빛을 품은 물방울, 언어가 닿지 못하는 마음의 심연을 적시는 맑은 액체. 인간은 기쁠 때도 울고, 슬플 때도 울며, 때로는 바람 한 줄기에도 가슴이 흔들려 눈물을 흘린다. 어쩌면 눈물은 인간이라는 존재가 남긴 가장 은밀한 서명인지 모른다.

어린 시절, 나는 눈물 구경을 좋아했다. 어른이 울 때도, 아이가 울 때도, 드라마 속 배우가 울 때도, 그 눈가에 맺힌 물방울을 오래 들여다보았다. 눈물은 언제나 소리를 동반했다. 흐느낌, 꺽꺽거림, 혹은 가슴만 들썩이는 무언의 울음. 소리가 눈물을 깨우는 것인지, 눈물이 소리를 데려오는 것인지 알 수는 없었다. 다만 두 존재가 서로를 부르는 쌍둥이처럼 엮여 있다는 사실만은 분명했다.

내게 늘 음식을 챙겨주시던 이모할머니가 있었다. 콩국수를 직접 쑤어 오시고, 수수 떡을 부쳐오시던 분. 겉으로 보기에는 자상한 남편과 아들 셋, 딸 하나를 둔 다복한 가정의 여인이었다. 그러나 어느 날부터인가 이모할머니는 우리 집에 오실 때마다 울곤 하셨다. 아이들이 모르는 비밀을 안고, 엄마에게만 속삭이다가 결국 눈물 속에 잠기셨다.

내가 조금 자라자, 할머니는 어느 날 나를 옆에 앉히더니 아무 말 없이 울기 시작하셨다. 그 눈물은 내게 대추만 했고, 떨어질 때마다 둔탁한 울림이 내 가슴에도 번져왔다. 이어진 이야기는 참혹했다. 막내딸이 태어난 후, 이모할아버지는 돌변했다. 아들들에게는 자상했으나 딸에게는 이유 없는 분노를 쏟아냈고, 끝내 그 공포가 아이의 생을 삼켜버렸다.

나는 이야기를 듣고 울음을 참지 못했다. 온몸이 떨리고, 얼굴에는 차가운 소름이 돋았다. 그 울음은 조용한 흐느낌으로 시작되었지만, 곧 목구멍을 조이며 참을 수 없는 진동이 되어 나를 뒤흔들었다. 세상이 한순간에 뒤집힌 듯, 발밑이 꺼지고 공기가 낯설어졌다. 내가 알고 있던 모든 관계와 기억이 그 자리에서 흔들리며 무너져 내렸다.

그날 이후로 나는 이모할아버지를 바라볼 수 없었다. 그의 얼굴은 여전히 나를 향해 미소를 지었지만, 그 미소는 더 이상 따뜻하지 않았다. 나는 이해할 수도, 용서할 수도 없었다. 그를 볼 때마다 가슴 안쪽이 서늘해지고, 어딘가 깊은 곳에서 분노와 슬픔이 뒤섞인 검은 물결이 솟아올랐다. 어린 시절 그에게 느끼던 믿음은 산산이 부서지고, 대신 깊은 공포와 배신의 그림자가 자리를 차지했다.

사람은 누구나 비밀을 지니고 산다지만, 그 비밀이 이렇게까지 무겁고 잔혹할 수 있다는 사실을 그때 처음 알았다. 세상은 말처럼 단순하지 않았다. 나는 한순간에 철이 들었고, 그 철듦은 잔혹한 깨달음으로 내 마음을 얼려버렸다. 그 후로 그의 존재는 내게 한때의 추억이 아니라, 지워지지 않는 상처의 흔적이 되었다.

할머니는 그 후에도 자주 우리 집에 와서 울었다. 언제나 웃옷 주머니에는 커다란 수건이 있었고, 수건이 흠뻑 젖을 만큼 울다가도 "저녁밥 해야 돼"라며 일어나 돌아가셨다. 그 뒷모습에는 대추만 한 눈물이 주렁주렁 매달려 있었다. 어린 나는 악몽에 시달렸고, 아이의 그림자가 눈앞에 어른거려 눈을 감는 것이 두려운 밤을 보냈다.

그때부터 나는 눈물을 다르게 보았다. 눈물은 단순한 슬픔의 부산물이 아니었다. 오히려 사람이 살아남기 위해 신이 숨겨둔 비밀스러운 장치였다. 울고 나면 기묘하게도 견딜 수 있게 되고, 세상을 다시 붙잡을 힘이 돌아온다.

대학 시절, 오랜 친구가 스스로 생을 놓았을 때, 나는 한동안 아무 말도 못 하고 앉아 있다가 한참 뒤에야 울음을 터뜨렸다. 그 순간 깨달았다. 눈물은 늦게 도착하는 생존 신호라는 것을. 마음이 너무 아플 때 처음엔 오히려 멍하다. 그러나 눈물이 흐르며 비로소 숨이 트이고, 다시 살아낼 힘이 솟는다.

아마도 이모할머니도 눈물 덕분에 매일의 삶을 이어낼 수 있었으리라. 키케로의 말처럼, 눈물은 슬픔의 가장 진실한 해방이었다.

눈물은 슬픔뿐 아니라 연민에서도 솟는다. 지하철에서 비틀거리며 앉아 있는 노인의 어깨, 길가에서 비를 맞는 고양이의 떨림. 그런 순간마다 내 마음은 쉽게 젖어들었다. 눈물이 없는 세상은 아마도 메마르고 잔혹할 것이다. 눈물은 감정의 무게를 씻어내고, 가슴이 터지지 않도록 막아주는 안전밸브다.

나는 여전히 눈물과 소리를 하나의 짝으로 느낀다. 눈물은 마음이 흘리는 물이고, 소리는 마음이 내는 파동이다. 둘이 함께 있을 때 인간은 가장 진실하다. 눈물이 고요히 흘러내릴 때, 그 곁에서 터져 나오는 한숨이나 흐느낌은 단순한 음향이 아니라, 가슴 속 깊은 어둠을 드러내는 울림이다. 그때의 사람은 가장 꾸밈이 없고, 가장 벌거벗은 영혼으로 서 있다.

지금도 나는 대추만 한 눈물을 흘리며 한숨 섞인 이야기를 건네던 이모할머니의 얼굴을 기억한다. 그 눈물방울은 방 안의 빛을 머금고 반짝였으나, 그 빛은 오히려 그녀의 고통을 더 선명히 드러냈다. 그 순간 나는 어린 눈으로도 어림풋이 깨달았다. 내가 단순히 곁에 있던 것이 아니라, 그녀 슬픔의 첫 번째 증인이었다는 것을. 누군가의 눈물을 지켜본다는 것은 단순한 구경이 아니라, 그 고통의 무게를 나눠 짊어지는 행위였다. 눈물을 보는 자는 마음을 외면할 수 없고, 그 순간 이미 연대의 끈이 묶여 버린다.

우리는 평생 수없이 울고, 수없이 울음을 본다. 때로는 자기 자신을 위해, 때로는 타인을 위해. 그것은 언어보다 오래된, 인간이 지닌 가장 원초적인 연대의 방식일지도 모른다. 눈물은 말보다 먼저 도착해 마음을 어루만지고, 내면의 슬픔을 녹여내며, 다시 살아낼 힘을 건네준다. 눈물이 멈춘 자리에는 고요하지만 단단한 용기가 깔리고, 그 용기는 또다시 삶을 이어가게 한다.

그래서 나는 믿는다. 눈물이야말로 신이 인간에게 남겨둔 가장 빛나는 보석이라고. 투명하지만 깊고, 연약하지만 강하며, 무엇보다 우리를 다시 사람으로 되돌려주는 힘을 가진 보석이라고. 눈물이 있어 우리는 비로소 부서지지 않고, 타인의 아픔에 손을 내밀 수 있으며, 서로의 영혼을 다시 붙잡을 수 있다. 그것은 우리를 인간답게 묶는 끈이자, 끝내 희망으로 이끄는 빛나는 결정체다.

30
빛

 나는 한동안 글을 쓰지 못했다. 아니, 쓰지 않으려고 노트북도 치워버리고 글과 관련된 모든 것을 보지 않으려 애쓰며 살았다. 가끔 재미있는 소설을 읽으며 지냈다. 등단? 어떤 관문을 통과한 후 그 세계의 사람들과 어울리며 염증을 느낀 것은, 다만 나만의 일이었을까. 사실은 사람들에게 염증을 느낀 것이었다.
 글을 쓰지 않는 동안 나는 알았다. "어떤 때에는 글을 버려야만 글이 내게로 돌아온다."
 주차장 일을 하며 코로나 전까지는 눈코 뜰 새 없이 바빴고, 컨테이너 그 좁은 공간에서 내가 할 수 있는 일은 고작 TV를 보는 일이었다. 주로 연속극을 보며 웃고, 때론 울기도 하였다. 채널을 돌리다 보면 홈쇼핑 채널이 많이 잡혔다. 홈쇼핑도 재미있었다. 맥없이 눈을 TV에 두는 일이 대부분이었다. 그러면서 물건을 하나씩 사들였다. 별로 필요하지 않은 물건을 샀다가 반품하는 일이 허다했다.

나는 가끔 주차장을 돌며 내게 말했다.

'다 이렇게 사는 거야. 뭐 별거 있어?'

괜히 이렇게 각인시키려고 했다. 그렇게 몇 년이 흘렀다. 그날이 그날 같았다. 아니, TV 연속극에 매달려 그 시간만 기다리고 있었다.

그 무렵 나는 깨달았다. "인생의 가장 무서운 적은 고통이 아니라, 매일이 어제와 같아지는 것이다."

가슴은 메말라 갔다. 나중에는 바짝 타는 듯 통증마저 느꼈다. 그럼 나는 다시 되뇌었다.

'할 수 없어. 다 이렇게 사는걸.'

나는 살짝 억지스럽지만 저런 식으로 자신을 달랬다. 코로나가 끝나고 주차장은 한가해졌다. 집에서 보내는 시간이 많아졌지만, 그 고요 속에서 내 삶의 빈틈은 더 크게 울렸다. "시간이 비워내는 자리는 결국 내 안의 목소리로 메워진다."

어느 날, 조카가 오더니 내 핸드폰에 트위터를 깔아주며 말했다.

"이모, 이곳에 글을 써 봐. 이모 맘대로 쓰고 싶은 걸 써."

딱 1년 전의 일이다. 그곳은 처음 만나는 신세계였다. 나는 맨 처음 눈에 띈 사람을 팔로우했다. 조카가 가르쳐 준 대로 클릭, 또 클릭했다. 그 사람은 이 작가였다. 단지 '작가'라는 말에 이끌려 무조건 팔로워를 해 두었다. 오랫동안 글을 쓰지 않아 내 글은 초등학생 수준이었다. 그래도 조카의 말을 생각하며 무조건 썼다. 그것도 매일같이 썼다.

그때 나는 알았다. "서툰 문장도 매일 쌓이면 길이 된다. 길은 걷는 자의 것이지, 잘 걷는 자의 것이 아니다." 그 문장은 내 안에서 오래 울렸다. 쓰는 일이란 처음부터 능숙할 수 없다는 것을, 길은 완성된 이가 아니라 한 걸음씩 발자국을 남기는 이의 것이라는 것을. 그 깨달음은 서툴러도 멈추지 말아야 한다는 조용한 다짐으로 바뀌었다.

그럭저럭 시간은 흘러갔다. 나는 여전히 그곳에 올라오는 글을 읽으며 하루하루를 버텼다. 낯선 이들의 문장을 따라가며 그들의 숨결을 엿보았고, 새로 나오는 책의 소식에도 귀를 기울였다. 그러면서 나도 모르게 사람들을 마음속으로 분류하고 있었다. '이 사람의 문장은 따뜻하구나, 저 사람의 글은 단단하구나' 하며 은근히 평가하고, 누군가는 멀리서 흥미롭게 바라보고, 또 누군가는 묘한 동질감으로 끌어안았다. 그렇게 작은 세계 속에서 나는 여전히 나를 세우고 있었던 것.

그러던 어느 날, 봄볕이 한창일 때였다. 세상을 한 겹 부드럽게 감싸던 그 계절에, 이 작가가 책을 냈다는 소식이 들려왔다. 수필집이었다. 나는 주저하지 않고 그 책을 집어 들었다. 그리고 읽기 시작하자마자, 마치 오랫동안 잊고 있던 마음의 문이 하나씩 열렸다. 그녀의 감성과 경험들이 내 삶과 놀라우리만큼 닮아있었고, 그녀가 세심히 고른 단어와 문장들은 내 안의 오래된 상처와 기쁨을 동시에 건드렸다. 몇 번이고 눈가가 젖었다. 글이 내게 말을 걸어왔다. '너도 괜찮다'라고 말했고 '이 길 위에 서 있는 너를 내가 조금은 안다'라고 위로해 주는 것 같았다.

나는 그녀의 빼어난 문장에 감탄하기 바빴다. 그것은 화려한 기교가 아닌, 삶을 오래 견디고 받아들인 사람만이 쓸 수 있는 언어였다. 부드럽지만 힘이 있었고, 잔잔하지만, 쉽게 잊히지 않았다. 책장을 덮고도 한참 동안 마음이 움직였다. 문득, 오래된 길 위를 다시 걷고 있는 듯한 기분이 들었다.

그렇게 알게 된 이 작가는 내게 빛이 되어 주었다. 내가 어둠의 터널을 지날 때, 그녀는 손을 내밀어 주었고 따스한 희망의 말로 위로해 주었다. 빛은 태양에서만 오는 것이 아니다. 어떤 빛은 단 한 줄의 문장에서 솟는다.

내게 변화가 조금씩 찾아왔다. '나도 다시 글을 써 보리라' 결심하게 된 것도 다 이 작가의 응원의 말 덕분이었다.

그녀는 알면 알수록 진국이었다. 두말하지 않았고, 말한 것은 한 치의 흐트러짐 없이 지켰다. 겉으로는 소리 없이 조용했으나, 그녀의 내면에서 피어오르는 은은한 향기는 먼 곳에 서 있던 나에게까지 스며들어 용기가 되어 전해왔다. 그것은 말보다 깊고, 손길보다 따뜻했다. 나는 그 향기를 맡으며 처음으로 내 안에서 미세하게 떨리는 어떤 힘을 느꼈다. 아직 작고 불확실했지만, 분명 용기라 부를 수 있는 것이었다.

그러던 어느 날, 나는 마침내 그 용기를 현실로 끌어올렸다. 한여름 동안 어찌어찌 붙들고 씨름하며 써낸 글을 묶어 책으로 세상에 내놓았다. 그것은 온전히 그녀의 안내였고, 그녀의 공이었다. 그녀는 내 초고를 한 줄 한 줄 밤새도록 껴안고 읽어 주었다. 그저 응원에 그치지 않았다. 책 전체의 교정을 직접 봐주었다. 마치 내 글의 숨결을 함께 가다듬어 주는 듯했다.

올해는 내 생애 최고의 해였다. 생각해 보면, 이 한 해를 건너오는 동안 나는 수없이 가라앉았다. 늪에 빠져 허우적거리던 나를 그녀가 잡아주지 않았다면, 아마 지금쯤 나는 거의 폐인처럼 꺼져 있었을 것이다. 그 시절의 나를 떠올리는 것만으로도, 숨이 막힌다. 그러나 내게 도착한 손길이 있었다. 어둠 속에 갇혀 한 발도 떼지 못하던 내게, 그녀는 친히 빛이 되어 다가왔다. '빛'이라는 단어가 이런 때를 위해 존재한다는 것을 나는 처음으로 깨달았다. 살아오며 소소한 도움을 받은 적은 많았다. 그러나 이토록 강력하고 생생한 빛을 받은 것은 처음이었다.

놀라운 것은, 우리는 한 번도 얼굴을 마주한 적이 없다는 사실이다. 오직 글로만 이어진 인연이었다. 그러나 글 속에서 나는 믿음은 오히려 더 깊었다. 그녀가 건네준 문장들은 내 삶의 갈피마다 빛을 들여놓았고, 그 빛이 나를 앞으로 걷게 했다. 더러는 꾸준히 쓰지 못할까 봐 조바심도 일었다. 그러나 바로 그 두려움 속에서 또 다른 감정이 피어올랐다. 갈망이었다. 빛을 받은 자는 언젠가 그 빛을 나누어야 한다는 갈망. 누군가의 어둠을 향해 나 역시 등불 하나쯤 켤 수 있다면 얼마나 좋을까.

아무도 보지 않는 새벽이면, 나는 수없이 그녀에게 마음속으로 고마움을 전했다. 그리고 다짐했다. 내가 선 자리에서 최선을 다하자고. 묵묵히 쓰자고. 말없이 그녀의 가르침대로, 그녀가 나에게 빛을 전했듯 나도 누군가에게 글로서 빛을 전하리라고.

그녀가 내게 준 것은 단순한 격려나 도움 이상의 것이었다. 그것은 살아야 할 이유이자, 쓰지 않고는 버틸 수 없는 운명에 대한 믿음이었다. 나는 아직 많이 부족하다. 그러나 자책만 하는 시간은 아무런 성과가 없다. 빛을 품은 사람은 더는 예전의 어둠으로 돌아가서는 안 된다는 것을. 언젠가 내 문장이 또 다른 누군가의 어둠을 밝힐 수 있길 기도하는 마음이다.

31
길

 삶의 여정은 길 위에서 시작되어, 길 위에서 끝난다. 태어남과 죽음 사이, 인간은 수많은 길을 오가며 자신만의 궤적을 새긴다. 아침에는 출근의 길, 저녁에는 귀가의 길, 그 짧은 시간에도 무수한 길이 서로 겹친다. 길 위의 플라타너스가 잎을 떨굴 때, 나는 잠시 멈춰 선다. 떨어지는 잎은 세월의 파편 같고, 바람에 흩날리는 그 빛 속에서 나는 내 시간을 본다. 그러나 길은 멈춤을 허락하지 않는다. 길의 본성은 나아감이다.
 길에는 언제나 목적이 있다. 나는 양궁 선수들의 활 쏘는 모습을 좋아한다. 그들은 숨을 고르고, 손끝의 떨림까지 제어하며 과녁을 겨눈다. 그 짧은 찰나, 세상은 정지된 듯 고요하다. 그러나 그 고요 속에는 수천 번의 실패와 재기의 시간이 겹쳐 있다. 그들이 맞추는 것은 단지 과녁이 아니라, 자기 자신이다. 나는 문득 묻는다. 나의 과녁은 무엇이었는가. 나는 단 한 번도 내 삶의 중심에 과녁을 세운 적이 없었다. 그저 닥치는 대로 길을 걸었고, 멈춰 서서 생각할 겨를조차 없이 시간의 물살에 떠밀리듯 살아왔다. 어느새 발밑의 길은 모래처럼 흩어지고, 나는 내가 어디쯤 서 있는지도 모른 채 걸음을 옮기고 있었다.

어느 날 문득 깨달았다. 나는 길 위에 있으면서도 내 길을 걷고 있지 않았다는 것을. 누군가 방향을 미리 알려 주었다면 어땠을까. 그러나 인생의 지도는 누구도 대신 그려주지 않는다. 청춘은 자신의 손으로 길을 긋는 고독의 시기였다. 그 시절, 나는 하루를 버티기 위해 출근하고 퇴근했다. 펜 대신 지친 숨결을 쥐고 있었다. 그러나 내면의 어딘가에서 희미한 속삭임이 들려왔다.

"쓰라. 너의 길은 글 속에 있다."

작가의 길로 나선다는 것은 두려움이었다. 그 길은 세상의 길 중에서도 가장 외롭고, 가장 끝이 없는 길이었다. 준비되지 않은 몸과 마음으로 나는 그 길 위에 섰다. 그리고 슬픔이 내 발을 이끌었다. 그 슬픔은 단순한 감정이 아니었다. 존재의 깊은 곳에서 울려 나오는 냉랭한 울음이었다. 설명할 수 없는 비애, 살아 있다는 이유만으로도 느껴지는 허무. 나는 그 감정의 실체를 붙잡기 위해 글을 썼다. 한 자 한 자 써 내려가며 내 안의 어둠을 직시했다. 글쓰기는 내게 치유이자 고백이었다.

그 무렵 나는 매일 새벽 다섯 시 반, 회사로 향하는 첫 버스를 타곤 했다. 겨울의 새벽은 유난히 매서웠고, 정류장 불빛 아래 서면 숨결이 하얗게 피어올랐다. 아무도 말을 걸지 않았다. 각자의 어깨에는 하루를 견뎌야 하는 무게가 놓여 있었다.

버스 창문에 비친 내 얼굴은 낯설었다. 퇴색된 눈빛 속에서 문득 이런 생각이 들었다. '이 얼굴은 어디로 가고 있는가. 무엇을 향하고 있는가.' 그날따라 버스 안에는 한 소녀가 있었다. 중학생쯤 되어 보였다. 무릎 위에 노트를 올려놓고 조용히 뭔가를 적고 있었다. 버스의 진동에 글씨가 흔들려도, 그녀는 손끝을 더 곧게 세웠다. 나는 그 작은 장면이 오래도록 잊히지 않았다.

그녀는, 어쩌면 과거의 나였다. 무언가를 기록하지 않으면 사라져버릴 것 같은 마음, 그 간절함으로 책상에 엎드려 있던 어린 나.

나는 그때 알았다. 글을 쓴다는 것은 살아 있음을 증명하는 일이라는 것을.

그날 이후 나는 퇴근길에 버스에서 내리면 곧장 골목 끝의 허름한 내 집으로 향했다. 사람들은 퇴근 후의 여유를 즐기러 가지만, 나는 노트를 펴고 하루를 다시 써 내려갔다. 쓰지 않으면 하루가 사라졌다. 쓰는 일은 나의 호흡이었다. 어느 날은 문장이 나를 살리고, 어느 날은 문장이 나를 찔렀다. 그러나 그 모든 날이 나를 조금씩 '내 길'로 되돌려놓았다.

나는 그때 비로소 알게 되었다. 삶은 버스처럼 정해진 노선으로 가지만, 글은 그 노선에서 벗어나 나만의 길을 낸다는 사실을.

세상은 나를 출근시켰지만, 글은 나를 귀가시켰다.

사람들은 말했다. "뭐 하러 그렇게 고생해? 그냥 편하게 살아." 그 말이 들릴 때마다 내 안의 불빛은 흔들렸지만, 꺼지지는 않았다. 나는 안다. 나를 이 길로 부른 것은 오직 비애였다. 그것이 내 존재를 증명하는 유일한 단어였다. 비애를 글로 승화시키는 일, 그것이 곧 나의 사명이었다.

작가의 길은 절대 평탄하지 않다. 컴퓨터 앞에 앉으면 흰 여백이 나를 응시한다. 그 여백은 묻는다. "오늘 너는 얼마나 진실했는가." 그 질문 앞에서 나는 작아지지만, 동시에 다시 일어선다. 글을 쓰는 동안 나는 길을 낸다. 보이지 않는 허공 속에 문장의 길을 하나하나 새기며, 다음 날이면 또 그 길 위에 새로운 길을 더한다. 양궁 선수의 과녁은 눈앞에 있지만, 작가의 과녁은 끝없이 뒤로 물러난다. 글쓰기는 결코 맞출 수 없는 목표를 향한, 끝없는 활쏘기다.

작가는 늘 패배하면서 나아간다. 그러나 그 패배 속에서만 인간의 진실에 닿는다. 한 문장이 완성될 때마다, 그것은 승리가 아니라 또 다른 상처의 시작이다. 그러나 그 상처야말로 작가의 훈장이다. 어느 날은 문장이 나를 구원하고, 어느 날은 문장이 나를 무너뜨린다. 그런데도 나는 쓴다. 왜냐하면 쓰는 순간, 나는 내 안의 불안을 언어로 바꾸기 때문이다. 글쓰기는 절망을 질서로 바꾸는 행위이며, 혼돈을 견디는 또 하나의 방식이다.

누가 바라보지 않아도, 누가 알아주지 않아도, 작가는 묵묵히 길을 낸다. 그 길은 자기 자신에게 닿기 위한, 혹은 닿을 수 없음을 증명하기 위한 여정이다. 나는 오늘도 그 길 위에 선다. 도착 지점은 없다. 영원히 도달할 수 없는 아득한 길을, 외로이 그러나 분명히 걸어간다. 가는 것, 그것이 전부다.

고미숙이 말했다. "읽고 쓴다는 것, 그 거룩함과 통쾌함에 대하여." 나는 이렇게 말하고 싶다. 읽고 쓴다는 것, 그 쓸쓸함과 더 깊은 쓸쓸함에 대하여. 쓸쓸함은 작가의 무덤이 아니라, 그의 숨이다. 그 쓸쓸함 속에서 문장은 피어나고, 그 문장이 세상에 닿을 때, 작가는 잠시나마 구원받는다. 그것이 바로, 글을 쓰는 자의 고뇌이자 보람이다.

길은 끝나지 않는다. 나는 오늘도 그 길 위에, 한 문장의 돌멩이를 놓는다.

그 돌멩이는 작디작지만, 그것이 모여 내 생의 흔적이 된다. 어쩌면 그 돌멩이 하나가 내게 허락된 전부일지도 모른다. 누군가는 그것을 스쳐 지나가고, 누군가는 밟고 지나가겠지만, 나는 그 작은 울림에 나를 남긴다.

글을 쓴다는 것은 그렇게, 바람 속에 조용히 돌을 놓는 일이다. 거대한 성채를 쌓는 것이 아니라, 언젠가 누군가가 그 길을 걸을 때 발끝에 닿을 하나의 감촉을 남기는 일이다. 그 감촉이 미미한 떨림으로라도 전해진다면, 그만으로도 충분하다.

길은 쓰는 이의 몫이자, 읽는 이의 몫이다. 나는 내 문장으로 길을 내고, 독자는 그 문장을 걸으며 또 다른 길을 만든다. 그렇게 길은 이어지고, 이름 없는 발자국들이 세상의 지도를 완성한다.

나는 오늘도 문장 하나를 다듬는다. 그것이 길의 한 조각이 되고, 내 삶의 마지막 숨이 되리라. 언젠가 이 길의 끝에서 나는 사라질 것이다. 그러나 내가 남긴 문장 속에서는 또 다른 내가 걸어갈 것이다. 그 문장은 나보다 오래 남아, 누군가의 새벽을 깨울지도 모른다.

그래서 나는 오늘도 쓴다. 도착하지 못할 길을 걸으며, 다다를 수 없는 과녁을 향해 활을 당긴다. 그 끝없는 여정 속에서, 나는 비로소 길이 곧 나였음을 직감한다. 글이 곧 나의 생이었음을. 그리고 그 길은, 지금도 조용히 이어지고 있음을.

32
잎이 떨어질 때

 가을 하늘이 어느새 드높아졌다. 햇살은 부드럽고, 공기는 한결 맑아졌다. 들녘에서는 농부들이 익은 곡식을 거두어들이고 있었다. 고개 숙인 벼 이삭이 바람결에 노랗게 흔들렸다. 들판은 수확의 냄새로 가득했고, 바람은 낟알 사이를 스치며 계절의 마지막 숨결을 흩날렸다.
 거두어들이는 계절은 언제나 마음을 푸근하게 만든다. 봄의 설렘과 여름의 분주함을 지나, 이 시절의 고요는 마치 한숨 돌리는 듯한 안도의 숨결과도 같다. 익어간 곡식들, 붉게 물든 감, 고개 숙인 나무들, 모두가 한 생을 마치고 다시 흙으로 돌아갈 준비를 하고 있었다. 그러나 이 풍요의 계절은 동시에 이별의 계절이기도 하다. 모든 충만함은 이별을 품고 있다. 끝은 언제나 시작의 다른 이름이다.
 숲속에서도 작은 술렁임이 일어나고 있었다. 몇 해 전, 설악산 입구의 숲에 들어선 적이 있었다. 10월 중순을 막 넘어선 때였다. 공기는 차가웠으나, 그 안엔 수정처럼 맑은 투명함이 있었다. 나는 그 숲속에서 하늘을 바라보며 한참을 서 있었다. 그때, 숲에서 소리가 들려오기 시작했다. 나뭇잎이 떨어지는 소리, 익은 열매들이 툭, 툭, 땅에 닿는 소리. 그 단정한 낙하의 울림이 어쩐지 크게 들려왔다.

바람 따라 흔들리는 가지 사이로 낙엽들이 빙그르르 돌며 내 발끝에 내려앉았다. 그 순간, 눈물이 불쑥 고였다. 나뭇잎 하나가 천천히, 그러나 망설임 없이 땅으로 향하는 그 장면은 너무나 순하고 명확했다. 떨어진다는 것은 사라짐이 아니라, 돌아감이라는 것을 그때 나는 비로소 알았다. 잎은 땅으로 향하며 자신이 자라온 하늘의 기억을 안고 있었다.

주변엔 아무도 없었다. 숲은 숨을 죽인 듯 고요했지만, 그 고요 속에서 나는 분명한 생의 울림을 들었다. 나무들은 무엇인가 부지런히 하고 있었다. 아니, 숲 전체가 하나의 의식을 치르고 있었다. 수액을 거두고, 스스로 몸을 말려 떠나보내고 있었다. 잎들은 가지를 놓아버리고 흙으로 돌아가는 순리에 순응하고 있었다. 자연은 언제나 적절한 때를 안다. 인간만이 그 때를 잃는다.

살다 보면, 우리는 붙잡는 일엔 능하지만 놓는 일에는 서툴다. 무엇이든 잃는 것이 두렵고, 비워내는 것이 허무하게 느껴진다. 그러나 자연은 매해 그것을 보여준다. 잡을 때와 놓을 때를 아는 것, 그것이 어쩌면 가장 큰 지혜인지 모른다. 손에 쥔 것을 놓아야 비로소 마음은 자신이 무엇을 쥐고 있었는지 알게 된다.

언젠가 나는 큰맘 먹고 겨울 코트를 하나 장만했다. 카라에는 밍크가 둘려 있고, 길고 단아한 검은 코트였다. 추위를 많이 타던 나는 처음으로 '제대로 된 코트'를 가졌다는 사실이 너무 기뻤다. 닳을까 봐 조심스레 입고, 벽장 속에서 꺼내 볼 때마다 마음이 설렜다. 그 코트는 단순한 옷이 아니었다. 내 청춘의 증표였고, 노력의 결실이었으며, 어쩌면 내 자존심의 모양이었다.

그러던 어느 날, 코트가 사라졌다. 아무리 찾아도 보이지 않았다. 좌불안석으로 집안을 뒤지던 내게, 엄마가 무심히 말했다.

"그거, 내가 누구 줬다."

"뭐라고요? 왜, 제대로 입어보지도 못했는데!"

"코트 없는 사람 줬지 뭐. 그게 네 나이에 어울리기나 하니? 넌 다시 사면 되잖아."

그날 나는 울었다. 정말 많이 울었다. 엄마가 내 허락도 없이 내 코트를 남에게 줘버린 것은 단지 옷 한 벌의 상실이 아니었다. 그것은 내 마음의 한 조각이 찢겨나간 일이었다. 내가 세상에 태어나 처음으로 번 돈으로 산, 나에게 준 첫 선물이었기 때문이다. 12개월 할부로 갚던 그 기억의 쓴맛이란.

누가 그 코트와 비슷한 옷을 입고 지나가기만 해도 자꾸 뒤돌아보곤 했다. 우리가 놓지 못하는 것은 사물이 아니라, 그 사물에 깃든 시간이다.

시간이 흘렀다. 하지만 이상하게도 매년 가을이 오면 그 코트가 생각났다. 바람에 흔들리는 나뭇잎 하나만 보아도 마음이 젖었다. 아마도 나는 여전히 그 코트를 마음속에서 떠나보내지 못한 채 살고 있었다.

이제 창밖엔 잎들이 진다. 은행잎도 한 잎, 두 잎, 나무를 떠나 훨훨 날아간다. 어떤 미련도 없어 보일 만큼 홀가분해 보인다. 그러나 나는 여전히 잃어버린 것들에 매달려 있다. 잃은 것에 대한 안타까움, 내 것이라는 환상, 그것들이 나를 묶어둔다.

문득 나무를 떠올린다. 나무가 먼저였는지, 잎이 먼저였는지는 중요하지 않다. 잎을 떨구는 그 고요한 결단 앞에서 나는 배운다. 그들은 누구에게도 허락을 구하지 않는다. 스스로 때를 알고, 스스로 떠난다. 놓을 줄 아는 이만이 진정 자유롭다. 그건 비움으로써 완성되는, 가장 순결한 형태의 생이다.

낙엽이 흙으로 돌아가듯, 우리의 상실도 언젠가 다른 생을 낳는다. 잃은 것은 사라지는 것이 아니라, 다른 형태로 우리 안에 남는다. 이제 나는 그 코트에 대한 집착을 버리려 한다. 이제 더는 엄마도 원망하지 않으려 한다. 원망해본들 무슨 소용 있으랴. 엄마는 이제 모든 기억을 지운 지 오래인데.

그래서 나는 다짐한다.

이제 나를 힘들게 했던 기억을, 잎처럼 놓아주리라.

그건 끝이 아니라 시작이기 때문이다. 모든 떨어짐은 다음 생의 예고다.

삶이란, 끝없이 떨어지고 다시 피어나는 일. 그 순환 속에서 우리는 조금씩 완성되어 간다.

떨어지는 잎이 땅에 닿는 순간, 그 안에는 이미 봄의 씨앗이 숨어 있다. 이별의 끝은 늘 탄생의 문턱과 맞닿아 있다. 잃음은 사라짐이 아니라 변주의 다른 이름이며, 비워냄은 곧 새로움을 받아들일 자리다. 나 또한 이제, 내 마음의 오래된 그림자를 털어내고, 다가올 계절의 빛을 맞을 것이다.

바람은 언제나 지나가지만, 그 자리에 남는 것은 향기다. 나무는 잎을 버리지만, 그 뿌리로 다시 겨울을 견딘다. 나도 그러리라. 기억을 놓고, 아픔을 묻고, 그 위에 다시 살아갈 꽃을 피우리라.

가을이 지나고 겨울이 와도, 떨어짐은 소멸이 아니라 순환이고, 비움은 상실이 아니라 충만이며, 놓아버린다는 것은 잊는 것이 아니라, 더 깊이 사랑하는 일임을.

33
딸꾹질

 언제부터 이런 증상이 생긴 건지는 잘 모르겠다. 아마 몸이 약해져만 가던 무렵이었을 것이다.

 어려서부터 나는 몸이 약했고, 예민하며 신경이 날카로워졌다. 가장 괴로운 것은 누군가 큰 소리를 낼 때였다. 그럴 때면 심장이 먼저 뛰기 시작하고, 얼굴이 벌게져 숨을 몰아쉬기 일쑤였다. 특히 쇠붙이 긁는 소리는 내 온몸의 근육을 경직시키고, 입안에 쇳덩이를 문 듯한 느낌을 주었다. 나는 동전을 손에 쥘 수 없다. 동전에서 전해오는 쇠붙이의 감촉이 온몸을 긴장시키기 때문이다. 그래서 내가 가장 싫어하는 것은 '동전 쥐기'다.

 아마 기압골의 영향을 받는 것 같기도 하고, 아닌 것 같기도 하다. 날이 화창하면 여러 가지 증상이 완화되어 살기가 편하다. 그러나 비가 오거나 구름이 잔뜩 낀 날이면 몸이 오그라드는 듯한 느낌에 몸살을 앓곤 한다.

 이런 증상이 선천적인지, 후천적인지는 나도 잘 모른다. 아무튼 나는 날마다 눈을 뜨면 일기예보를 보는 것으로 하루를 시작한다.

스무 살 무렵이었다. 페노바르비탈을 삼키던 시절, 몸무게가 40킬로그램도 안 되는 상태에서 직장에 나가야 했다. 옷을 입으려면 먼저 속옷을 갖춰 입어야 한다.

'으뜸가리개'라고 해 두자. 이 말은 아버지가 어려서 가르쳐 준 단어이기도 하다. 나는 그 말이 예쁘고 마음에 들어 늘 이 단어를 쓴다. 그다음엔 '버금으뜸가리개'를 착용한다. 그러나 그 으뜸가리개는 내게 살인의 무기였다. 그것을 입고 겉옷을 걸치면 곧 딸꾹질이 시작된다. 딸꾹질이 어느 정도 진행되면 하품이 나오고, 속이 메스꺼워 화장실로 달려가 토하곤 한다. 으뜸가리개에 붙은 고무줄 때문이었다. 아무리 사이즈를 크게 입어도 마찬가지였다.

그때부터 옷을 입기 전 공포가 밀려오기 시작했다. 회사를 가야 하지만 옷차림이 단정치 않으면 예의에 어긋나고, 남 보기에도 부끄러워 어깨를 잔뜩 안으로 구부려야 했다.

결국 나는 그 가리개들을 벗어버렸다. 겉옷도 마찬가지였다. 바지의 허리 부분이 몸에 닿는 것을 질색했다. 내 몸피보다 더 헐렁한 바지를 사서 지퍼를 올리고 호크를 채우면, 내 주먹 두 개는 넉넉히 들어가고도 남는다. 그래서 바지도 포기했다.

내가 가장 좋아하는 옷은 원피스다. 굴곡 없이 헐렁한 일자형 원피스만 입는다. 그래서 봄과 가을, 그리고 겨울을 좋아한다. 특히 겨울은 춥더라도 마음이 편하다. 여러 겹의 옷을 입고 코트를 걸치면 몸이 감춰지기 때문이다. 그러나 최악의 계절은 여름이다. 어떤 옷을 입어도 몸의 굴곡이 드러나기 마련이다. 나는 나이가 들기만을 바랐다. 나도 나이가 들어 여느 뚱뚱한 아주머니들처럼 가슴을 척 내밀고 다닐 수 있기를 얼마나 바랐는지 모른다.

어느 흑백 사진전을 보던 날이었다. 한복을 입고 아이를 업은 채 머리에 보따리를 인 아주머니의 사진. 그 아주머니의 앞가슴은 축 늘어진 젖가슴을 그대로 내보인 채였다. 힘겹게 걸어가는 그 모습은 낯설지 않았다. 나는 사진 속 그 아주머니를 동경하기에 이르렀다. 그 젖가슴은 오히려 아름답고 성스러워 보였다. 그 모습은 자연스러웠고, 경외감마저 들었다. 우리 세대는 모두 어머니의 젖을 빨고 자랐기 때문이다.

며칠 전, 지하철을 타고 가다 이상한 압박감을 느꼈다. 사람들로 빽빽이 찬 객실 안에서 공기가 천천히 식어갔다. 내 몸은 점점 작아지고, 어깨가 안으로 말려들었다. 누군가 내 옆을 스쳐 지나가며 팔이 닿는 순간, 심장이 한 번 크게 뛰었다. 그 작은 접촉이 내 몸을 한순간에 얼려버렸다.

나는 자리를 박차고 일어나 객차 문 옆에 섰다. 숨을 쉬어야 했다. 그러나 바람이 없었다. 모두가 마스크를 쓰고 있었고, 아무도 나를 보지 않았다. 그 침묵이 더 무서웠다.

다음 역에서 문이 열리자, 나는 거의 뛰듯 내렸다. 바깥 공기가 차가웠다. 차가운데, 따뜻했다. 마치 내 살갗이 처음으로 제 온도를 되찾은 듯했다.

그날 이후 나는 출근길을 걸어서 다닌다. 조금 멀어도 괜찮다. 바람이 내 몸을 스치고 지나가는 감촉이 좋다. 누군가의 시선이 아니라, 바람의 시선 속에 서 있는 느낌이니까. 세상 사람들의 따가운 시선은 어딘가 모르게 불편할 수 있지만, 모든 위로는 바람처럼 불어오는 자유로움이다.

나는 이런저런 눈치를 살피지 않아도 되는 편안한 시간, 그 속에서 겨우 숨을 돌리고, 내 몸의 경계를 다시 그린다.

아름답기를 바라는 일을 나는 일찍 포기했다. 머리에 예쁜 핀 하나 꽂을 수도 없다. 눈이 몹시 나쁘지만, 평소 안경도 쓰지 못한다. 살갗에 이물질이 닿으면 몸이 먼저 반응하고, 깜짝 놀라기 때문이다.

누군가는 말할 것이다. "아무리 그래도 그렇지."라는 쉬운 말로 핀잔을 줄 수도 있다. 하지만 이건 사실이다. 퍼머넌트도 하지 못한다. 멋모르고 한 번 말았다가 바로 풀어버렸다.

어느 순간부터였다. 몸이 더 이상 저항하지 않았다. 견딜 수 없던 것들이 서서히 희미해지고, 숨은 내 안으로 부드럽게 스며들었다. 그건 깨달음이나 수용의 시간이 아니었다. 다만 오랫동안 긴장으로 굳어 있던 살과 뼈가 제 온도를 되찾는, 아주 느린 회복의 시간이었을 것이다.

    창문을 스치는 햇빛이 천천히 방 안을 옮겨 다녔다. 그 빛은 벽을 타고, 책등을 스치고, 내 어깨에 와 닿았다. 나는 잠시 눈을 감았다. 아무 말도 하지 못한 채, 그 빛의 무게에 눌려 있었다. 말로 표현할 수 없는 평화가 어깨에 내려앉았다.

    느슨한 원피스의 천 사이로 바람이 스며들었다. 그 바람은 내 살갗을 지나며 오래된 긴장을 쓸어갔다. 나는 그 순간 알 것도, 잊을 것도, 설명할 것도 없이 그저 한 사람으로서 거기 있었다. 아무 일도 일어나지 않았는데, 모든 것이 조금 달라져 있었다. 바람이 지나가고, 공기가 남았다. 그 공기 속에서 나는 오래 머물렀다. 살아 있다는 감각이, 조용히 나를 품었다.

34
호박떡

누군가 내게 물었다.

"혹시 호박떡 좋아하세요?" 나는 잠시 망설이다가 아무렇지 않게 "좋아해요."라고 대답했다. 그저 스쳐 지나가는 대화였고, 그때의 나는 그 말이 하나의 인연의 씨앗이 될 줄 몰랐다.

며칠 뒤 문 앞에 놓인 택배 상자를 보고서야 나는 그 대답이 얼마나 가볍게 내뱉어진 것이었는지를 깨달았다. 상자 안에는 노랗게 빛나는 호박떡 한 상자가 들어 있었다. 비닐 포장을 벗기자 따뜻하고 은근한 향기가 방 안을 천천히 채웠다. 그 순간 나는 문득 울컥했다. 한 번도 만난 적 없는 사람이, 오직 몇 줄의 문자와 닉네임으로만 이어진 관계 속에서 내게 이런 정성을 보낼 거라곤 상상조차 하지 못했다.

세상은 각박하고, 관계는 빠르게 식어가고, 마음은 점점 단축된 문장으로만 존재하는 시대다. 그러나 누군가는 여전히 마음을 굽고 있었다. 낯선 이름으로 도착한 떡 한 상자에 나는 오래된 온도를 느꼈다.

그 호박떡의 향은 오래된 기억을 불러왔다.

어린 시절, 외할머니댁은 시골이었다. 가을이면 텃밭 옆 공터에 큼지막한 호박들이 주렁주렁 열렸다. 여름 내내 뜨거운 햇살을 견딘 호박들은 노랗다 못해 금빛에 가까웠다.

외할머니는 부엌칼을 들고 호박을 반으로 가르셨다. 칼날이 단단한 껍질을 가를 때 얼마나 단단했으면, 한 번 만에 잘 잘리지도 않았다. 할머니가 몇 번이나 힘주어 호박을 잘랐을 때, 그 안에서는 주황빛 속살과 소복하게 들어있는 영근 씨앗들이 가득했다. 할머니는 그 광경을 신기한 듯이 한참을 들여다봤다.

"얘야, 이 씨 좀 봐라. 어쩜 이리도 잘 익었느냐!" 뒤이어 할머니는 한마디 더 보탰다."

"이건 잘 말렸다가 내년 봄에 또 심을 씨야"

할머니는 숟가락으로 씨앗들을 파냈다. 나는 할머니가 파낸 씨앗들을 손으로 만지작거렸다. 그 끈적한 실처럼 엉겨 붙은 씨들이 손에 들러붙을 때, 묘하게 따뜻한 감촉이 느껴졌다. 할머니는 그 씨를 대야에 담아 물로 헹군 뒤, 툇마루에 펼쳐 말리셨다. 가을 햇살이 씨앗들에 일제히 내리쬐었다. 바람이라도 불면 씨앗들이 바스락거리며 몸을 말릴 것 같은 어린 날의 기억.

씨앗을 갈무리한 뒤, 할머니는 그 호박을 숟가락으로 퍼내기 시작하셨다. 속살은 부드럽고 달았다. 큰 떡시루가 불 위에 오르고, 그 안에 고운 찹쌀가루를 섞은 호박이 차곡차곡 담겼다. 그리고 마지막으로 삶아놓은 콩 한 줌을 그 위에 뿌렸다.

아궁이 속 불길이 훨훨 타오르고 숨을 내쉴 때마다, 온 집 안은 호박 향기로 가득 찼다. 김이 피어오르는 시루 앞에서 할머니는 손등으로 땀을 훔치며 웃으셨다.

"호박떡 익는 냄새가 나야 가을 맛이지!" 뜸이 든 뒤의 솥뚜껑을 열었을 때 김서리에 퍼져 나오는 그 향기란 지금도 잊을 수가 없다. 할머니는 그 뜨거운 호박떡 한 조각을 떼 내 당신 입에 넣지 않고 내 입에 먼저 넣어주셨다.

너무 뜨거워 후후, 입김을 내뿜는 나를 보고 할머니는 그렇게 행복해하셨는데 ….

"뜨거워야 제대로 된 떡이지. 식으면 맛이 없단다." 지금 생각하면 그건 할머니와 나만 아는 달콤한 비밀 같은 것이었다. 호박떡은 내게 그냥 떡이 아니라, 따뜻한 아랫목 같은 기억이었다.

나는 지금, 도시의 빽빽한 일상의 쳇바퀴 속에서 살고 있다. 누구도 얼굴을 오래 보지 못하고, 정신없는 날들이 휙휙 지나간다. 진심을 담아 누군가의 눈을 바라보며 담소한 지는 꽤 오래다. 말은 점점 줄어들고 정작 하고 싶은 말들은 핸드폰의 카톡 속에 남았다. 표정 없이 건조한 문자의 홍수, 그 속에서 숨 막히는 일상은 계속되었다.

그런 세상 속에서 누군가가 직접 떡을 쪄 보내올 거라고는 상상조차 하지 못했다. 그래서 그날 받은 호박떡은 단순한 음식이 아니었다. 그것은 한 인간이 다른 인간에게 보내는 아날로그식의 편지였고, 손으로 쓴 마음의 문장이었다.

호박떡을 한 입 베어 물자, 아주 오래전의 그 떡 맛이 입안에 감돌았다. 그 맛은 외할머니의 손맛이자, 엄마의 웃음이자, 지금 내 앞의 낯선 이의 진심이었다. 나는 그 순간 알았다. 마음은 세대를 건너도, 시대를 바꿔도, 결국 같은 온도를 지닌다는 것을. 말로 전하지 않아도 향기와 온도로 남아 전해지는 것, 그것이 마음의 본질이었다.

외할머니가 생전에 자주 하시던 말이 있다. "마음은 멈추면 썩고, 흘러야 닿는다." 그 말이 그때는 단순한 인생의 지혜처럼 들렸지만, 지금 생각하면 그것은 사랑의 방식이자 삶의 지혜였다. 누군가의 마음이 내게 닿는 순간, 그것은 이미 또 다른 누군가에게 흘러가는 것이다. 호박떡의 향이 내 안에서 아직도 남아 있는 이유도, 그 마음을 내가 또 다른 이에게 고스란히 전하고 싶기 때문이다.

요즘 사람들은 '좋아요' 버튼 하나로 감정을 대신한다. 마음을 전하는 대신 반응으로 요약한다. 하지만 진짜 마음은 그런 도식적인 표시로는 전달되지 않는다. 그것은 온기의 문제이고, 손의 문제이며, 시간의 문제다. 그 모든 것을 알고 있던 외할머니 세대의 삶은, 어쩌면 우리가 잃어버린 '마음의 문법'을 품고 있었는지도 모른다.

나는 지금도 그날 받은 호박떡의 포장지를 버리지 못하고 서랍 한쪽에 넣어두었다. 그 안에는 아무것도 없지만, 비닐의 얇은 주름 속에 스며든 향기만은 여전히 남아 있다. 그 향기를 맡을 때마다 나는 외할머니의 부엌으로 돌아간다. 김이 피어오르는 찜통, 김 속에서 번지는 호박의 빛, 그 옆에서 떡을 식히던 그리운 손. 그 시절의 따스한 숨결과 함께, 마음의 모양을 처음 배웠던 나의 어린 날이 되살아난다.

그 향기가 불러오는 것은 단지 과거만이 아니다. 언젠가 나를 위해 호박떡을 보내준 그 사람, 한 번도 얼굴을 본 적 없는 그녀의 따스한 마음 또한 그 기억 속에 스며들어 있다. 그녀의 떡은 외할머니의 시루와 닮아 있었다. 낯설지만 정성스럽고, 말보다 먼저 도착한 마음의 형태였다. 그래서 나는 호박떡을 볼 때마다 이제 두 사람을 함께 떠올리게 될 것이다. 한 사람은 내게 마음을 가르쳐준 이였고, 또 한 사람은 그 마음이 아직 세상에 살아 있음을 증명해 준 이였다.

세상은 여전히 각박하고, 사람들은 바쁘다. 그러나 나는 이제 안다. 우리가 주고받는 모든 마음은 사라지지 않는다. 잠시 다른 이름으로 변할 뿐, 그 따스한 기운은 언젠가 또 다른 사람의 겨울을 데운다. 외할머니의 손에서 엄마의 손으로, 엄마의 손에서 내 글로, 그리고 내 글에서 다시 누군가의 마음으로. 이것이 마음의 순환이다. 그 순환이 멈추지 않는 한, 세상은 아직 견딜 만하다.

이맘때, 나는 그 호박떡의 향을 떠올린다. 그 향은 단지 음식의 냄새가 아니다. 누군가, 나를 떠올렸다는 증거, 내가 누군가의 기억 속에 아직 남아 있다는 증명이다. 그 생각이 내 안의 불씨를 다시 켠다. 나는 그 불빛 아래에서 조용히 생각한다. 사랑이란, 마음이 다른 마음을 기억하는 능력이다. 잊히지 않으려 애쓰는 것이 아니라, 누군가를 따뜻하게 떠올리는 일이다. 그래서 이제 누군가 내게 묻는다면, "호박떡, 좋아하세요?" 나는 미소 지을 것이다. 그건 단지 음식의 취향이 아니라, 한 생의 온도를 묻는, 따스한 질문이기 때문이다.

"좋아합니다. 그건 마음이 가진 가장 오래된 색이니까요."
라고 언제까지나 그렇게 대답하고 싶어진다.

35
기도

 기도는 삶이었다. 아기가 엄마의 뱃속에서 떨어져나와 첫 울음을 우는 것. 나는 그 모습에서 기도라는 단어가 떠올랐고 그것은 아주 거룩한 모습으로 다가왔다.
 기도는 태어남의 언어다. 아직 말이 닿지 못한 곳에서 숨결이 먼저 외치는 문장이다. 대부분 사람은 어떤 종교의 형태에서 기도를 찾는다. 자신이 원하는 것을 구하는 것. 이것을 기도라 칭한다. 하지만 그것은 편협되었다고 생각한다. 과연 사람들이 종교를 대상으로 하는 기도만 기도일까.
 기도는 종교의 언어가 아니라, 존재의 숨결이다. 종교는 형식이지만, 기도는 본질이다.
 아기의 첫울음에서 기도라는 단어가 떠올랐던 것은 다름아닌 이것이었다. 세상에 동그마니 던져진 아기는 살기 위해서 울음을 운다. 그 울음이 기도였다. 아기는 아직 말을 배우지 못하여 울음으로 대신하지만 내게는 그 울음이 곧 기도라는 것을 알았다. 올케가 첫 아이를 낳았을 때, 나는 병원에 가서 유리장 속에 누워있는 조카를 처음 만났다. 아기는 조그만 얼굴을 찡그리며 입술을 오물거렸다. 가만히 들여다보니 그 아기의 몸짓과 소리와 표정에서 기도한다는 느낌이 들었다. 과연 누구에게 기도할까. 어떤 대상이 없어도 그 존재는 기도 덩어리였다. 그것은 어떤 대상이 없어도 그 생명 자체가 기도였다.

기도는 대상을 찾기 이전의 떨림이다. 누군가에게 닿기 위해 울지만, 사실은 자기 안에서 먼저 피어나는 울음이다.

아가들을 마주칠 때마다 나는 신비롭기만 했다. 아기의 볼에서 느껴지는 그 신선함. 이마를 찡그리며 울고 있는 아기의 몸짓에서 나는 기도를 발견했다. 어쩌면 순수는 언어를 모를 때 나온다. 그래서 아기의 울음은 신에게 가장 가까운 목소리다.

모든 사람이 이 과정을 거쳐 자란다. 나고 자라고 죽는 것. 이것이 인생이라고 한마디로 말한다. 그 사람의 순간순간이 모인 것. 이것들은 어디로 흘러가는 것일까.

작은 풀꽃들도, 탐스러운 장미도, 저 하늘에 나는 새들의 날갯짓을 보면서도 저들은 지금 기도를 하고 있구나, 나는 생각한다. 그렇지 않고서야 그들의 몸짓을 무엇으로 표현한단 말인가. 표현한다는 것이 기도인 것을.

움직임이 있는 곳에는 기도가 있다. 바람의 길에도, 꽃잎의 떨림에도, 살아있다는 증언이 깃들어 있다.

여름날, 화단에 붉게 핀 칸나의 모습을 보며 아, 저 꽃은 무언가를 내지르고 있구나, 붉게 토하고 있구나, 생각했다. 왜 이런 사물의 모습에서 기도라는 것이 떠오르는지는 모를 일이다. 수없는 무언의 함성이 들려올 때, 나는 그 사물의 소리, 기도 소리를 듣고 있다.

기도는 침묵 속에서 가장 큰 목소리를 낸다. 들리지 않기에 더욱 또렷하다.

지금 밖에는 비가 내린다. 빗방울 떨어지는 소리가 들린다. 그 소리가 바로 기도다.

비는 하늘이 땅에 쓰는 편지다. 그 편지의 문장은 모두 기도의 문법으로 이루어져 있다.

어느 날, 길을 가다 마주친 노숙자의 냄새에서도 나는 기도를 보았다. 그는 저대로 기도를 품고 있었다. 시장에 가서 푸성귀를 파는 할머니의 몸짓에서도 기도를 느꼈다. 단지 자신만 인식하지 못한다.

모든 인간은 저마다의 기도문을 품고 있다. 다만 그것을 낭독하지 못할 뿐이다.

누군가에게 말을 건넬 때도 나는 기도하고 있다고 믿는다. 아니 말을 하는 것이 기도다. 그 말이 어떻게 전달될지는 아무도 모른다. 상처를 입힐지, 혹은 위안을 줄지 모르는 일이다.

말은 기도의 또 다른 형태다. 말의 끝마다 마음의 울림이 있다면, 그것은 이미 기도가 된다.

아름다운 기도 소리를 내는 사람을 간혹 만난다. 나는 그런 사람을 만나면 다시 바라본다. 그 사람이 살아오면서 느낀 감정들이 그대로 전달될 때가 많이 있다. 어떻게 어떤 기도를 했기에 저런 인격을 지녔을까. 인격을 하나하나 쌓아 올린 그 사람의 기도를 듣는다. 나 혼자 생각하고 그를 마음에 두기로 한다.

인격은 오랜 기도의 결정체다. 말보다도 더 깊은 침묵의 시간이 모여 하나의 얼굴이 된다. 침묵은 단순히 말을 멈춘 상태가 아니다. 그것은 마음이 제 안으로 내려가 자신을 비추는 시간이다. 그 고요한 시간 속에서 한 사람의 영혼은 조금씩 단단해지고, 그 단단함이 결국 인격의 윤곽을 만든다. 기도는 그 윤곽 안에서 피어나는 빛이다.

내게는 은총처럼 다가온 한 분이 계신다. 그분의 말 한마디, 그 말속의 단어 하나하나에서 나는 기도를 느꼈다. 그녀의 말은 꾸밈이 없었고, 그 단어들은 오랜 사색과 체념, 그리고 사랑의 결을 지니고 있었다. 그녀는 삶과 말이 일치했다. 말이 삶에서 벗어나지 않고, 삶이 말속으로 되돌아왔다. 그래서 그녀의 언어는 늘 고요했고, 그 고요 속에는 어떤 확신보다 깊은 신뢰가 있었다. 그런 진실한 기도를 할 수 있는 사람은, 그 삶 자체가 이미 하나의 증명서다.

삶과 말이 일치할 때, 그 사람은 하나의 기도문이 된다. 존재가 곧 문장이 되고, 그 문장은 세상에 향기를 남긴다. 삶이 기도일 때, 그 사람의 걸음 하나하나가 축복의 구절이 된다. 저마다 다른 빛으로 내는 기도는 내게는 늘 흥미롭다. 어떤 사람의 기도는 새벽처럼 맑고, 어떤 이의 기도는 저녁노을처럼 붉으며, 또 어떤 이의 기도는 바람처럼 형체가 없다. 그러나 모두가 자신의 색으로 세상에 빛을 남긴다.

하물며 무심코 지나가는 고양이의 콧수염, 긴 속눈썹이 가리키는 방향까지도 그것은 기도인 것을. 세상은 그렇게 보이지 않는 기도로 끊임없이 호흡한다. 기도는 눈에 보이지 않는 빛의 형태로 존재한다. 살아 있는 모든 것은 저마다의 기도 빛깔을 지닌다. 그 빛은 때로는 슬픔의 푸른색이고, 때로는 희망의 황금빛이다. 그 빛을 알아보는 눈이 생긴다면, 우리는 조금은 더 선해질 수 있지 않을까.

생의 모든 순간이 기도에 편입돼 있다는 사실을 안다면 사람들은 조금은 다르게 살아갈 것이다. 기도는 사랑이고, 기도는 그 사람의 호흡이며, 기도는 그 사람의 영혼이 뿜는 빛깔이라는 것을 안다면, 세상은 지금보다 훨씬 더 다정해질 것이다. 기도는 결국 사랑의 다른 이름이다. 사랑은 기도의 완성이고, 삶은 그 긴 호흡의 여정이다.

  살아 있는 모든 것은 자신도 모르게 기도하고 있는 것은 아닐지. 그것이 생의 가장 고요한 진실일 테니까. 그렇다면 우리의 숨조차, 이미 하늘을 향한 한 편의 시가 되는 것이다.

36
잘 가, 12월

 달력이 딱 한 장 남았다. 벽에 걸린 그것은, 마치 숨을 죽인 채 몸을 비틀며 버티는 형상이었다. 종이 한 장으로 못에 매달린 달력은 무게가 없어 바람이 스치면 금세 휘청이고, 겨우 그 자리를 지탱하듯 간당거리며 흔들렸다. 그 얇은 종이 위에는 지나간 날들이 고요히 겹겹이 눌어붙어 있었다.
 한 장으로 남은 달력은 언제나 내게 묘한 초조함을 주었다. 크리스마스가 있고, 연말이 다가오면 나는 어김없이 달력을 들여다보며 마음 한구석이 허전해졌다. 마치 종이의 얇음만큼이나 덧없어진 한 해가 나를 바라보고 있는 듯했다. 아무런 일도 없었는데도 괜스레 가슴이 조급해졌고, 아직 해가 다 저물지도 않았는데 서둘러 떠나는 무언가를 붙잡고 싶은 충동이 일었다. 어쩌면 그것은 한 해를 보내는 일의 아쉬움이었을지도, 혹은 달을 잘게 쪼개어 놓은 누군가에 대한 막연한 의심이었을지도 모른다.
 어린 날, 할머니는 달력은 하루가 지나면 한 장씩 찢어 착

착 접어놓으셨다. 그것은 언제나 할머니의 메모장이 되었다. 나는 그 달력 종이에서 '살아 있는 시간'의 냄새를 맡았다. 오래된 기억 속의 한 조각—연필로 삐뚜름하게 적힌 글씨가 있었다.

'즌나 455-7968.'

그것이 무슨 뜻인지, 어릴 적 나는 도무지 알지 못했다. 한참이 지나서야 그것이 아마도 누군가의 전화번호였을 거라는 걸 알았다. 할머니는 늘 알뜰하셨다. 버릴 것이 없었다. 달력 한 장도, 그 위에 적힌 숫자 한 줄도, 그분의 손에서는 삶의 도구가 되었다.

할머니는 달력을 모아두었다가 머리를 빗을 때 사용하셨다. 종이를 펼쳐 머리 아래에 대고 참빗으로 긴 머리를 빗으시면, 머리카락이 빗살에 얇게 묻어나왔다. 그 머리카락을 조심스레 털어내시고, 달력 종이를 반으로 접고 또 반으로 접어 경대 밑으로 넣으셨다. 일력은 일력대로 쓰임새가 많았다. 불쏘시개로 쓰기도 하고, 화장실에 가지런히 묶어 두셨다. 나는 그런 달력 종이를 보고 자랐다. 종이의 반질반질한 촉감을 좋아해 그것으로 책을 싸서 다녔고, 그래서 책가방이 언제나 조금 더 무거웠다.

그 전화번호로 걸었던 날

몇 해 전, 이상하게도 그 번호가 떠올랐다. 할머니가 남겨두셨던 달력 한 장, 그리고 그 위의 숫자들. 나는 오래된 종이 냄새를 기억하는 사람처럼, 그 글씨의 결을 떠올렸다. '즌나 455-7968.' 그것은 지금도 어딘가에 남아있을까? 그 번호의 주인은 아직 살아 있을까? 아니, 살아 있다면 나를 기억할까?

늦은 12월 밤이었다. 바람은 거칠게 유리창을 흔들고, 나뭇가지는 휘청이며 마른 울음을 냈다. 나는 오랫동안 망설이다가 조용히 번호를 눌렀다. 삐— 하는 기계음이 이어졌다. "현재는 사용하지 않는 번호입니다." 차가운 자동음성이 공기 속에 흩어졌다.

그 몇 초의 공백 속에서, 나는 오래된 집의 냄새를 맡았다. 낡은 화롯불의 온기, 할머니의 손, 닳은 연필, 그리고 햇빛을 받아 번들거리던 달력 종이. 아마도 그 전화번호는, 평생 잊지 않으려 했던 누군가의 이름 같은 것이었을 것이다. 혹은 단지 마을 사람, 김치를 나누던 이웃의 것이었을지도 모른다. 하지만 그 번호를 잊지 않고 남겨두셨던 마음의 결에는, 분명 사랑과 그리움의 잔향이 있었다.

그날 밤, 나는 달력의 빈칸 한쪽에 그 번호를 다시 적었다. 숫자는 이미 오래전에 끊어진 선처럼 이어지지 않았지만, 그 끊어진 자리에서 묘하게 따뜻한 불빛이 새어 나오는 듯했다. 잊힌 것을 기억한다는 건, 이 세상에 아예 받지도 않는 번호로 전화를 거는 일과도 같았다. 그리고 그건, 글을 쓴다는 일과 닮아 있었다.

12월이라는 제목을 두고 내가 왜 이런 이야기를 늘어놓는 걸까. 아마도 '12'라는 숫자가 주는 묘한 중압감 때문일 것이다. 한 해의 끝에서 다시 1로 돌아가야 하는, 무한한 순환의 문턱 앞에 서 있기 때문일지도 모른다. 나는 벽에 걸린 달력에서, 마지막 장이 떨리는 모습을 볼 때마다 그 몸부림을 느낀다.

12월은 신춘문예의 시즌이기도 하다. 나는 해마다 몇몇 소설을 신문사에 보내며 초조한 마음으로 그달을 보냈다. 수없이 고치고 또 고쳐 원고를 완성한 뒤의 감흥은 말로 표현하기 어려웠다. 봉투를 붙이러 우체국으로 향하던 발걸음은 늘 무겁고, 또 그만큼 허전했다. 봉투를 넣는 순간, 내 마음 한 조각이 함께 부쳐지는 듯했기 때문이다.

한 해, 한 장, 한 문장. 그것들이 서로를 닮았다. 그해 어느 날, 우체국 앞에서 눈이 내렸다. 유리문에 맺힌 하얀 입김, 우체국의 붉은 기둥, 그리고 내 손에 들린 봉투 한 장. 나는 그것을 넣고 한참 동안 그 자리에 서 있었다. 세상은 여전히 분주했지만, 내 안에서는 시간이 느리게 흘렀다. 달력의 마지막 장은 끝이 아니라, 새해의 첫 문장을 예비하는 종이였다는 것을.

12월, 올해는 내게 의미심장한 해였다.

책 한 권을 세상에 내보내며 나는 비로소 내 문장의 그림자를 보았다. 그 그림자는 여전히 미숙하고, 곳곳이 비어 있었지만, 그 안에는 나의 체온이 남아있었다. 이제 또 다른 책을 품고 있다. 그것은 미완의 새벽처럼 내 안에서 천천히 숨을 쉬며, 다음 계절을 기다리고 있다.

내년에도, 그리고 그다음에도 나는 멈추지 않을 것이다. 한 해의 끝은 언제나 다른 시작의 문턱이었고, 나의 문장은 그 문턱을 건너며 조금씩 단단해졌다. 달력의 마지막 장을 바라보는 일은 더는 내게 허무가 아니다. 그것은 내가 살아왔음을, 쓰며 견뎌왔음을 증명하는 조용한 의식이다.

그래서 나는 결심한다. 어느 날, 또다시 벽에 달력의 마지막 장이 남을 때, 나는 그것을 찢지 않고 천천히 쓰다듬을 것이다. 그 한 장은 지난 시간의 낙엽이자, 앞으로 펼쳐질 원고지의 첫 줄이니까. 시간은 흘러가지만, 나는 그 위에 문장을 새기며 머무를 것이다.

그것이 내가 맞이하는, 나만의 12월이다. 그 끝은 결코 끝이 아니다. 그것은 다만, 다음 문장을 쓸 수 있도록 허락받는 잠시의 숨이다.

작품 해설

빛의 서정, 뿌리의 시간, 틈의 숨,
문장이 자라는 자리

-고요가 문장이 되고, 문장이 다시 생이 되는 법에 대하여

이도은

김혜원의 이 수필집은 사소한 풍경과 몸의 기억, 관계의 상처를 "견디는 언어"로 눌러 새긴 기록이다. 총 36편은 흩어진 단상들의 연속이 아니라, '낮은 곳에서 시작해 다시 낮은 곳으로 돌아오는' 환형(環形) 구성에 가깝다. 첫머리 「모과 한 알」이 단단한 향의 기원을 묻는다면, 말미의 「잘 가, 12월」은 한 장 남은 달력 위에 다음 문장을 예비하는 호흡을 얹는다. 시작과 끝은 이렇게 서로를 비춘다. 책을 관통하는 핵심어들은 분명하다. 빛, 뿌리, 틈, 그리고 선(경계). 이 네 단어는 각 편의 제재 위를 서성이다가 어느 순간 독자의 마음속에서 하나의 구조를 이룬다.

1. 낮고 단단한 문체, '사물학'에서 '윤리'로

이 책의 문장은 화려하지 않다. 그러나 오래 견딘 문장이 가진 결이 있다. 저자는 사물의 표면만 훑지 않고 감각의 핵까지 내려간다. 「호박떡」의 따끈한 수증기, 「달뿌리풀」 군락의 사각거림, 「한삼」의 갑사 결감, 「달력 종이」의 반질거림 같은 촉각·후각적 디테일이 먼저 세계에 닿는다. 이 사물학적 시선은 곧바로 도덕적 판단으로 도약하지 않는다. 대신 사물의 질감에서 삶의 윤리를 발아시킨다. 호박의 씨앗을 말려 다시 심는 외할머니의 손길은 '마음은 흘러야 닿는다'는 명제로 전환되고, 지하도의 노숙자가 내민 담배 한 개비는 '가장 가난한 순간의 존엄'이라는 윤리적 장면으로 응고된다.

이 과정에서 저자의 글쓰기는 목격-증언-소환-나눔의 순서를 따른다. 목격은 감각의 정직성, 증언은 상처의 언어화, 소환은 기억의 재배치, 나눔은 독자에게로 건너가는 온기다. 단정하고 침착한 재현의 태도는 그래서 설교가 아니라 동행으로 읽힌다.

2. 빛의 윤리, 등대에서 레겐다까지

'빛'은 표제어가 아니지만, 이 책의 가장 깊은 물밑 동력이다. 「등대」는 상실 앞에서 말의 무력을 확인한 뒤, 침묵으로 함께 있는 일의 가치를 등대의 점멸로 형상화한다. 이후 '빛'은 여러 결로 굴절한다. 「빛」에서 저자는 사람에 지친 뒤 글을 손에서 놓고, 다시 이웃 작가의 문장으로 건져 올려진다. 이때의 빛은 위계적 계몽이 아니라 수평적 전염이다. 「레겐다」는 그 빛이 읽힐 운명을 지닌 문장으로 어떻게 변주되는지를 보여준다. 텍스트는 쓰는 순간 완결되는 것이 아니라, 독자의 해석을 기다리는 시간의 존재라는 인식, 즉 "읽히게 되어 있는 것"이 수필집 전체의 문학관을 요약한다.

빛은 또 다른 형태로는 경계의 윤리로도 드러난다. 타인의 어둠을 배제하지 않되, 관계가 서로를 잠식하지 않도록 '선'을 긋는 행위 「선」이 곧 빛의 배치이다. 밝히되, 압도하지 않는 것. 이 미묘한 거리감이 본서의 품위를 지킨다.

3. 보이지 않는 것들의 정치학, 뿌리, 노동, 돌봄

저자가 반복해서 응시하는 것은 보이지 않지만, 버팀목이 되는 것들이다. 홍수의 유속을 누그러뜨리며 삶의 맥을 붙들어 주는 「달뿌리풀」, 아궁이와 논두렁에서 버틴 「아리랑」의 가락, 주차장의 '선'이 약속하는 공동의 질서, 밤마다 울음을 삼키던 이모할머니의 '대추만 한 눈물', 이들은 이름 없이 구조를 지탱하는 근골(筋骨)들이다. 저자의 직업적 공간인 주차장 「선」, 컨테이너(여러 편의 배경), 지하도 「어떤 선물」은 화려한 서사의 바깥, 변두리의 무대들이다. 한국 근현대 사회의 비가시적 노동과 돌봄의 장면들을, 저자는 자잘한 윤곽선으로 오래 긋는다. 그 붓질이 얇아 보이지만, 축적되면 사회적 그림자가 된다.

4. 틈의 미학, 금이 길이 되는 순간

「틈」은 이 책의 미학적 선언에 가깝다. 콘크리트의 가는 금 사이로 솟는 풀, 편애와 오해, 경제적 곤궁이 만든 마음의 균열, 저자는 그 틈을 덮지 않고 채광창으로 쓴다. 관계의 완벽함이 아니라, 호흡 가능한 간격이 관계를 지속시킨다는 인식은 「선」과도 맞물린다. '틈'은 실패의 흔적이 아니라 생명의 입구이며, 상처의 가장자리에서 들어오는 빛의 경로다. 그런 의미에서 본서의 여러 장면—지하철의 압박감에서 빠져나와 바람 속에서 경계를 다시 그리는 「딸꾹질」, 겨울 코트를 놓아주며 순환을 받아들이는 「잎이 떨어질 때」—는 틈을 윤리적 기술로 다룬 사례들이다.

5. 시간의 형식, 계절과 루틴, 그리고 호흡

책의 흐름에는 계절과 루틴이 일정한 박동을 부여한다. 소슬바람을 느끼며 다시 쓰기로 작심하는 「노트북」, 새벽 세

시의 산책 리듬으로 하루의 이야기를 예열하는 「새벽 산책」, 낙엽의 낙하를 사라짐이 아닌 순환으로 읽는 「잎이 떨어질 때」, 이 리듬은 개인의 사적인 일과표를 넘어서 글쓰기의 호흡론으로 확장된다. "서툰 문장도 매일 쌓이면 길이 된다"라는 고백은 루틴을 통해 체화된 문학관이다. 끝부분 「잘 가, 12월」에서 달력의 마지막 장을 찢지 않고 쓰다듬는 장면은 상징적이다. 시간은 사라지는 것이 아니라, 문장으로 변환된다. 이때 저자가 선택하는 시간의 크기는 언제나 계절, 하루, 새벽으로 흐른다. 문학이 역사적 거대 서사의 대체물이 아니라, 살아 있는 소소한 시간의 한 단면임을 보여준다.

6. 상처의 서사와 수치심의 정치, '조바심'의 변주

본서의 내밀한 축은 상처를 말하는 방식에 있다. 「조바심」은 어원적·생활사적 층위를 교차해 불안의 문장화를 시도한다. 좁쌀을 그러모으는 손길의 조바심과 결과를 기다리는 마음의 조바심이 겹쳐지며, 불안은 병리가 아니라 생의 집념으로 재명명된다. 이는 「딸꾹질」의 신체 기억, 「완전 폐업」과 「불모의 밤」의 결핍의 시간, 「어떤 선물」의 '감당 못할 선의 두려움'과 한 선상에 있다. 저자는 상처를 전시하지 않는다. 오히려 수치심의 정치, 힘의 비대칭 속에서 발생하는 경계 위반(직장 상사의 호의가 폭력이 되는 순간)을 명료하게 그려 보이며, '선'이라는 최소한의 자율성을 확보해 나가는 과정을 담담히 서술한다. 그 담담함이 바로 윤리다.

7. 전승과 언어, 노래·직조·텍스트의 연대

「아리랑」과 「한삼」, 「호박떡」에는 한국적 생활문화의 감각이 깊게 배어 있다. 바느질과 노래, 시루와 툇마루, 달력 종이와 참빗이 생활의 언어들은 텍스트 자체의 물성을 강화한다. 「아리랑」은 말 이전의 위로, 바느질(한삼)은 시간을 꿰매는 노동, 떡 「호박떡」은 손으로 쓴 편지다. 그 연속선 위에서 「레젠다」는 '읽히게 되어 있는 것'으로서의 텍스트를 전승의 현대적 등가물로 제시한다. 과거의 생활언어가 오늘의 문장으로 변환되는 자리, 그것이 이 책이 서 있는 정확한 좌표이며, 저자가 스스로 빚어낸 문체의 토양이다.

8. '나'의 윤곽, 낮은 자의 목소리, 높이의 상상력

이 수필집의 '나'는 중심에서 세계를 지배하는 화자가 아니다. 그는 곁의 자리에 선 관찰자이며, 때로는 밀려난 사람, 때로는 붙잡아주는 사람이다. 지하도의 노숙자에게서 마지막 담배 한 개비를 건네받는 장면처럼, 이 '나'는 선을 베푸는 주체라기보다 받는 자로서의 인간을 먼저 기억한다. 그 기억은 곧 돌려주려는 갈망인 「빛」으로 이동한다. 결국, 이 책이 독자에게 가르치는 것은 품위 있는 슬픔의 사용법, 타인의 어둠을 밝히되 그 곁에 오래 머무는 빛의 마음이다.

9. 독자를 향한 개방, '레겐다'의 완결

모든 텍스트는 자기 안에서 닫히면 죽는다. 본서는 여러 편에 걸쳐 독자에게 문장을 개방형 회로로 건넨다. 저자는 자신의 고백을 정답으로 고정하지 않고, 해석의 여지를 남겨둔다. 그래서 이 책의 경험은 '감동'으로 끝나지 않고, 각자의 삶에서의 해석 행위로 이어진다. 「레겐다」가 말했듯, 전설은 거대서사가 아니라 읽히기 위해 기다리는 문장들이다. 독자가 이 수필집을 덮는 순간, 빛과 뿌리, 틈과 선이라는 네 개의 키워드가 독자의 일상에서 스스로 작동하기 시작한다. 그때 비로소 텍스트는 저자의 손을 떠나 살아 있는 무엇이 된다.

맺음

이 수필집의 가장 아름다운 통찰은 아마도 「잎이 떨어질 때」에 응축되어 있을 것이다. 떨어지는 것은 사라지는 것이 아니라 돌아가는 것이 사유는 책 전체의 시간관과 윤리를 요약한다. 눈물은 늦게 도착하는 생존 신호「눈물에 대한 단상」, 기도는 종교의 형식이 아니라 존재의 호흡「기도」, 12월은 종결이 아니라 다음 문장을 위한 여백(「잘 가, 12월」).

김혜원의 수필은 크고 빠른 세계의 속도에 맞서 느리고 낮은 세계를 복권한다. 그 세계에서 문장은 생존 기술이자 나눔의 기술이고, 상처는 틈을, 틈은 빛을, 빛은 또 다른 사람을 부른다. 그래서 이 책은 한 사람의 회고록이 아니라, 함께 견디기 위한 사용설명서다. 독자는 여기서 거창한 교훈 대신, 아주 작지만 정확한 방법들을 배운다. 기왕이면 등대처럼, 너무 밝지 않게. 선을 기억하며, 너무 가깝지 않게. 틈을 남기고, 너무 완벽하지 않게.

이 수필집을 덮는 일은 끝이 아니라 독자의 삶으로 이어지는 통로를 여는 일이다. 이제 '읽히게 되어 있는 것'은 독자의 차례다. 당신의 하루 어딘가에서, 이 문장들의 빛이 과하지 않게 손 닿기를. 그리고 언젠가, 당신이 또 다른 누군가의 틈에 바람을 통과시키는 작은 문장을 놓을 수 있기를. 그때, 이 책은 온전히 제 소명을 끝낼 것이다.

문암출판사 수필집

바람의 서곡

ⓒ김혜원 2025

1판 1쇄 2025. 11. 01. 발행

지은이 | 김혜원

펴낸곳 **문암출판사** | 펴낸이 염성철

출판등록 | 제2021-000079호
주소 | 경기도 고양특례시 일산서구 산현로 92번길 42
출판부 | 031-911-1137
E-mail | bookrock53@naver.com
ISBN | 979-11-994283-2-4   03810

이 책의 저작권은 저자와 **문암출판사**에 있습니다.

　이 책은 저작권법에 법에 따라 보호받는 저작물이므로 무단 전제와 복제를 금지하며, 이 책의 내용 전부 또는 일부를 사용하려면 반드시 저작권자의 서면동의를 받아야 합니다.

● 잘못된 책은 구입하신 곳에서 교환해 드립니다.